비에 도착하는 사람들은 모두 제시간에 온다

신용목 시집

문학동네시인선 158 신용목

비에 도착하는 사람들은 모두 제시간에 온다

시인의 말

나는 이제 열 개를 알게 된 것 같다. 그리고 그 열 개의 끝에는 문지기처럼 사랑이 서 있다는 것. 그건 하나를 알았을 때도 그 하나의 끝에 서 있던 것.

구름 속으로 손을 집어넣는다 해도 내가 꺼내올 것은 젖은 손바닥뿐,
비는 떨어질 때만 존재한다. 너그러운 저녁이 와 너를 만났다 해도 결국 혼자 돌아와야 하는 밤처럼.

비를 보면 하나 더 알게 된다.
인간에게 사랑하라 말해놓고 모든 사랑을 슬픔 속에 빠뜨린 자가 아침을 만들었다는 것.

2021년 8월
신용목

차례

3부 밤

4부 새

5부 끝

6부 꿈

7부 비

1부
비

오르골

멀리 차들이 지나가면 그냥 지나가는 거고 노란 버스가 지나가면 꼭 노란 차가 지나간다고 중얼거린다 그냥 중얼거린다. 중얼거리고는 중얼거렸구나 생각한다 또 생각하는구나 생각하다보면

돌 속에는 돌이 있고 그 속엔 또 돌이 있다는 이야기 같다 중얼거리는 것이 꼭 누군가에게 속삭이는 일 같다. 속삭이는 일이 돌에게서 돌을 벗겨주고 물에게서 물을 말려주는 일인 것 같다

누구나 자신의 그림자를 깔고 누운 자는 자신이다

누구나 자신의 발자국을 밟고 서는 자는 자신이다.
그렇지만

너무 늦게까지 자지는 마
어둠은
꿈이 현실 속으로 잠입하지 못하게 막고 있는 국경수비대 같은 것인데,
잠든 채 아침이 오면
위험해

그렇지만, 내 꿈속에는 아무도 살지 않는다

오늘은 재활용 분리수거하는 날이고 분리수거장 한쪽에 쌓인 박스들에 멋진 날개를 달아주려고 준비중이다

네가 카디건을 옷걸이에 걸어놓고 가서 구부정한 옷걸이를 식탁에 앉히고 밥을 먹는다
비도 오지 않는데, 빗소리 참 좋다 말하며 빗소리처럼 끓는 찌개 속에 숟가락을 담근다

구름 제조법

날씨에게도 집이 있어서,
부엌이 있고
어느 저녁엔 불을 지피고 밥을 안친다면, 그것은 올 나간 소매 밖으로 삐져나온 바람의 언 손이 하는 일. 문밖에 갈색 가죽을 덧댄 신발을 벗어놓고
젖은 발이 하는 일.
그 발은 구름의 발,
비라고 불린다. 그렇지만 생활은 또 불길 지나간 들판에 떨어지는 빗방울 같은 것이어서,
바닥에 닿자마자 흰 연기를 지피며
지져진다.
무엇일까?
어떤 일도 일어나지 않는 하루를 지나간다는 것은. 입김의 흰 목덜미를 불며
난로를 켜고,
주전자에 받아 물을 올리고 조용히 구름을 만든다. 오늘은 흐림. 아니 비. 이렇게 불을 지피면 물속에 잠길 수도 있다. 물이 끓으면, 불 속을 헤엄칠 수도 있다.
불을 끄면,
창밖으로 검은 돌고래떼가 느리게 지나가는
밤.
무엇일까?
어떤 이별도 남아 있지 않은 인연에게

남은 것은.

밤은 모든 거리를 지우고 모든 벽을 허물고 사람 옆에 사람을 눕혀 오로지 꿈속의 얼굴만 보여주는데,

물속에서 빗방울을 건져내기 위해서 긁고 있는 주전자처럼

누가 운다.

주전자를 새까맣게 태우며 오는

비.

아무리 문질러도 지워지지 않는 물의 얼룩을 끝까지 품고 있어서, 주전자는 수요일 오후의 분리수거장 부대 속으로 무심하게 던져진다.

책

종이 위로 생각이 지나갔다 그걸 읽으려고 형광등이 빗소리처럼 흰 목을
그러니까, 천장에서부터 집요하게

늘어뜨렸지만

생각은 이미 나를 지나가버렸고 지금은 종이와 손가락과 툭 끊어진 채
하얗게 굴러다니는 머리의 밤, 불을 끈다

어둠이
생각을 감싼 표지라면

제목은 지나갔다

제목 없는 표지면 어떤가, 아무리 찢겨도 맨 앞 장이 표지겠지 아무것도 적혀 있지 않아서 찢어내고 찢어내도 그대로인
생각처럼
비,
젖는 일에는 입구가 없어서

책을 읽는다

죽은 자의 생각이 지나간 자리에 글자가 남아 있다, 죽은 자를 깨웠다가 다시 죽인다

찢겨나간 페이지가 또 한 권씩 책이 아니라고 말할 수 있나, 한 장으로 이루어진 책
그러니까
무수한 낙엽들이 한 권씩 책의 무게로 떨어지고 있다 무수한 바닥을 찢으며
비,
가스불로 끓이는 것 같은 비
아무리 졸여도 결정되지 않는 글자로 자글대다 간신히 피어오르는
비,
짜질 줄도 모르고

바닥에 달라붙어
네,

꿈을 꾸었습니다 그것이 생각인 줄도 모르고 꿈을
꿈속에서, 당신은 내 앞에서 나를 찾고 있었습니다 여기 있어요 듣지 못한 채
비행기가 지나갔습니다 나에게 나를 묻는 당신

맞아요, 당신에 대해서라면 당신에게 물어야 합니다 책이 아니라 문장이 아니라

바람이 흔들어보는 십자가, 흔들리지 않는 십자가

불빛은 빗방울처럼 떨어지는군요 은총에선 우산 펴는 소리가 들리는 것 같습니다

버스가 지나갔습니다, 한 사람을 여러 칸으로 나눠담고 있었습니다 나는 꿈속에서도 깨어 있었는데

다음 버스에도 같은 사람이 타고 있었습니다

2부
배

생활사

지금 여기서 사라지는 것이 있다 물 끓는 소리에서 피어나는 물방울처럼

창문 너머 공터에는 단독주택이 들어서고 있다

책장으로 가 시집을 펼치고 '라일락'이라는 글자 속에서 라일락 향기를 찾는다
지금 사라지는 것이 있다
텔레비전을 켜면
사랑해요, 고백은 영원히 죽지 않아서 사람이라는 숙주를 갈아타고 갈아타고

사랑해요, 지금쯤 저 배우는 퇴근했겠지
고백으로부터

여기서 사라지는 것이 있다 수없이 지나간 일요일이 덩그렇게 남겨놓은 오후
아파트에 살면서 갖다놓은 화분
17층 공중의 작은 땅

달

나는 먹구름으로 다가가 비를 뿌린다 나의.블랙홀, 아파

트가 끝나는 자리
대출 상환이 끝나는 자리

생활이 끝나는 자리

지금 여기서 사라지는 것이 있다 010번 마을버스는 어떻게 읽어야 하나
0으로 시작하는 것에는 지워지는 말이 있다
"동식이 기억나?"
사진을 들이밀며
"얘잖아!"
왜 모두들 동그란 얼굴을 가졌을까

어느 날 다 잊겠다는 메일을 받았다 달이 밤을 끓이고 있었다 얼마나 휘저었으면 그 많은 집들이 저 어둠
곤죽 속으로 사라졌을까,
네 목소리가
내 얕은 머릿속에 어둠을 한 사발 덜어서는 후후 불며 밤새 퍼먹고 있다

모든 시에는 산문적인 이유가 있다

수평선을 번갈아 건너뛰며 줄넘기 놀이를 하는 해와 달. 황급히 다락에 숨겨놓은 구름.
나를 힘껏 나의 바깥으로 밀어내는 것처럼
배.

내 숨이 밀어놓은 그릇처럼
배.
식탁에

차려져 있다. 차릴 수 없는
말.
저녁에 대해서라면,
바다에 둥둥 떠가는 푸른 식탁보처럼 말하자. 사랑에 대해서라면, 거기
둘러앉아 밥을 먹는 일로
말하고

꿈에 대해서라면,
급식실에서, 먼저 먹은 아이가 기다리는 짝꿍의 식판처럼 어지러운 해초밭을 지나

인어들의 마을에 가서

나는 학교를 열고 싶다. 지직대는 형광등이 작은 거품을 만드는 물속의 교실에서
지금은 작문 시간, 원고지를 나눠주며
이렇게 말할 것이다. 한 칸에 한 자씩 문을 열고 글자들을 내보내자. 빨간 칸은
바다의 격자무늬, 창문 같은 것.

졸업식처럼?

그래, 졸업식처럼 나란히 송가와 답가를 부르고 우리는 우리가 아닌 곳으로 가자.
이별에 대해서라면,
물속에서는 눈물이 흐른다고 쓰지 않는다, 섞인다고 써야 한다.
가르치며,
파도는 발 없는 인어들의 발자국이었구나, 배우며 손을 흔들 것이다.
미래에 대해서라면,

식탁에 놓인 수저통은 꼭 관뚜껑 같아.
숟가락은 시체 같지.

먼바다에서부터 창문이 밤의 못을 하나씩 뽑고 있을 때,

맞은편에 앉은 이가 국밥을 말며 말했다.
배고픔이 늘 죽음을 이긴다,
고.

인어들 떠난 바다는 식탁보처럼 고요했다.
배.

누군가 빈 상여에 불을 붙여 밀고 있었다.

대부분의 나

하루의 망치로 쾅쾅 나를 박아 넣으면 까맣게 바닥에 남을 한 점의 머리

비행기가 지나가면 하늘이 길게 잘려서 어둠 한끝이 돌돌 말려 올라간다

지붕 위에 비스듬히 누워, 먼 별빛을 보던 바람이 갑자기 머리를 긁적이며,

방금 뭐가 지나간 것 같은데……

악몽이 잠의 창문을 열고 들여다보며 내 속의 아이들을 부른다, 밥 먹고 울어야지

턱밑에 장도리를 걸고 머리를 뽑아올리면

나는 한참을 두리번거린다

인생이 잠시 들러 사랑을 주고 젊음을 사가는 매점처럼 뽑힌 자리는 환하다

슈게이징

잠수를 배운다. 푸른 바다 속으로 뛰어들어 바닥에 우물을 파기 위해서
물에게 목을 축여주기 위해서,

우리가 호흡으로 하늘의 허파를 계속 부풀리듯이
구름의 자세를 추측하며

비행을 배운다.

불쑥불쑥 그날의 내가 나타나.
비 오던 날
파란 신호등이 횡단보도를 밟으며 점멸하던 날, 섬에 �은 거대한 활주로를 보면
배를 가르고 바퀴가 튀어나오지.
그날,
물이 하늘을 날아보려고 구름이라는 이름을 얻는다는 것을 알아버려서

차갑고 어두운 바다에 잠기고픈 구름이 비라는 이름을 가진다는 걸 알아버려서
나는 이름을 바꾸었다,

다른 곳으로 가보려고.

이곳의 비가 저곳의 눈인 것처럼, 구름이라고 하면 물은 하늘에서 사라진다.

비라고 하면 물은 빗소리 속으로 사라지고 눈이라고 하면 비는 겨울 속으로

사라지고,

다른 곳으로 가면 다른 곳은 사라지겠지. 이름을 부르면 나는 이름 속으로 사라지고

사라지고 나면 어떤 이름으로 잊혀져도 좋은데,

공중의 활주로

물속의 바퀴로

불쑥불쑥 뛰어드는 그날의 나 때문에 일기를 쓰면 편지가 된다. 반성이 있는 편지와 추신이 있는 일기가 된다. 헤어지자고 말하고 나서는 보고 싶다고 말한다.

그림자역

내 꿈속에는 철로의 길이만큼 긴 기차가 있다. 타자마자 도착하는 기차
아침마다
꿈속에서 뛰어내린 몸으로 하루하루 외국어를 배우듯 어른이 되었지만

저녁은 오래전 세 명의 아이로 기차에 올랐다가 혼자 내리는 날들의 연속.

한 명이 리스본에서 보낸 편지가 도착한다. 여기까지 오느라 나는 마흔 살이 되어버렸다
세상에,
이걸 뭐라고 해야 할까

말할 수 없어서 그냥 인생이라고 쓴다

쓸 수 없어서
잘 지내자 말하는 것처럼.
그럼 이만

또 한 명은 내 몸의 바닥을 따라 그리며 자꾸 상한 것들을 토해놓는다
모국어가 아니면 안 되는 것처럼

처음 말을 배울 때가 기억나지 않는다 처음 말을 배우는 사람처럼 쓰고 싶은데 처음 눈을 봤을 때가 기억나지 않는다 처음 눈을 본 사람처럼 놀라고 싶은데 처음 배운 말과 처음 본 눈 그때 나는 아 하고 말했을 것이다 아직 살아보지 못한 자의 기억은 무엇일까 태아의 꿈처럼 나에게 일어난 알 수 없는 일들을 알 수 없는 채로 말하기 위해 아이는 우는지도 모른다 모국어로 우는지도 모른다 모국어가 없었다면 아무도 울 수 없었을 것이다

그림자는 상한 몸에서 흘러나온 저녁이라서

칸과 칸 사이를 건넌다
밤이 와,

한 사람에게서 떨어진 그림자가 그 사람을 싸고 또 한 사람을, 돌돌 어둠으로 말아
가장 먼 곳의 제자리로 옮겨놓는다

그 자리에

아직도 쪼그려앉아
나머지 한 명이 울고 있다

삼색볼펜

내 필통 속에 삼색볼펜이 들어 있다는 것을 알았다. 내 가방 속에 필통이 있고 필통 속에 여러 개 볼펜이 있다는 것과
하나의 볼펜 속에 세 개의 심이 있다는 것은 무엇이 다른가

하나의 가방 속에 세 개의 필통을 집어넣는 사람의 마음과 어떻게 다른가

처음 삼색볼펜을 만든 사람도 내게 삼색볼펜을 건넨 사람도
모르겠지만

길게 줄을 긋는다

세 개의 색깔은 서로를 알아보는가.

빨간 돌 다음에 파란 돌을 올려놓는 것처럼 파란 실 끝에 빨간 실을 묶는 것처럼
하나의 이야기 끝에 다른 이야기가 이어지는 것이라면 차례차례 등장하는 것이
마음이라면

하필 비 그친 하늘. 무지개는 어떻게 저 많은 색깔을 한꺼

번에 피워내는가

파란색 볼펜으로 쓴 말들은 아득하게 펼쳐진다 한 번도 본 적 없는 혹등고래의 길이 이어지고
파랗게 어두워지는 깊이쯤 가라앉은 배,
부드럽게 죽어가는 수초들 사이에서 녹슨 갑판이 혹등고래의 눈을 뜬다

번갈아 뚝딱이는 소리처럼 별들이 바다 위를 빙빙 돌며 길을 잃게 만든다

빨간색 볼펜으로부터 타오르는 이야기, 모든 불꽃이 하나의 작고 둥근 점에서 시작되었다는 것을 믿는다
성냥 머리처럼 붉게 묻은 생각에 하얀 종이를 구름으로 펼쳐놓고 기다린다
부딪쳐라, 바람에게

하늘을 다 태우는 저녁을 주고 싶다

나는 내 몸속에 쓰인 붉은 글자들을 안다 사막이 많은 나라의 문자처럼
바다를 잃어버린 내 몸의 해변을 돌고 도는 핏줄들,

매번 새롭게 쓰여지고 매번 까맣게 지워지는 내 몸의 파도를 아무도 읽지 않아서
생각의 저녁을 붉은 화농으로 키우는
가로등,
불빛으로 휘감기며

검은색 볼펜으로 쓴 죽음들
밤,

그 속에 무언가 갇혀 있다 어둠의 캄캄한 벽을 조금씩 밀어내며 오직 머리로만 남아 있는 그것들이

세 개의 눈동자를 갈아끼우는 소리가 들린다

밤

밤은 총소리를 얇게 펴놓은 것 같다. 먼 나라 한 발 총성이 지평선을 따라 밀리고 밀려서 여기 고요로 도착할 때

대장장이가 탕탕 붉은 쇠를 두드리고 다시 차가운 물속에 담갔을 때, 흰 연기를 지피며
단단하게 굳어버린 것 같은
어둠 속에서

어느 처음의 물속에 지지지직, 식는 소리를 숨겨놓았을 것 같은 어둠 속에서

나는 자꾸만 누군가 첨벙이며 침묵 속으로 뛰어드는 소리를 듣고 있다

예술영화

우산을 쓰고 극장에 간다

간다

주인공이 멀리서 걸어올 때, 끓는 물 속에 막 던져진 계란 흰자 같은 담배 연기가

담배 연기가

흐른다

흐른다, 이렇게밖에 말할 수 없는 순간이 있지
이렇게 말하지 않으면

사라지는 일들이 있어서

나는 나지, 말하지 않으면 나는 내가 누군지도 모르고 내가 가지 않은 곳을 갔다 오고
우산을 들고 있다고 중얼거리지 않으면 감쪽같이 우산은 사라져

우산처럼 사라져

혼자서, 극장의 어둠 속에 남는다

비 온 뒤 돋아나는 독버섯처럼
대사가 시작되면,
아는 이야기를 알려고

마음처럼
사는 이야기를 살려고, 극장에서는 우산을 접고
본다

스크린 가득 비가 내리지만 아무도 우산을 펴지 않는다
아무도 마음을 쓰지 않는다 우산처럼, 비 오는 이야기에 젖고 있어서
비처럼

흐르는, 극장의 어둠 속에는 영화 속에서 죽은 자들의 영혼이 있는 것 같아
팝콘이 떨어지면 떨어진 곳에서 희뿌옇게 일어서는 것들

채도가 낮은 어둠을 조용히 솎아내며
사람이 되는,
사람이었던 사람이

— 같은 말을 영원히 반복하는 영혼이

영화가 끝나고
불이 켜지면
보인다. 한 사람이 된 어둠이 벌떡 자리에서 일어나 출구를 향해 걸어간다
우산을 펴고

우산처럼,
마음을 쓰고 집으로 간다

비 오는 날 어둠은 비가 쓰고 온 우산처럼 구석에 버려져 있다 비에 도착하는 사람들은 모두 제시간에 온다
비와 약속한 사람들은
아무도 늦지 않는다.

이렇게라도 말해야 하는 순간이 있지

문 앞에 우두커니 서 있다
센서등마저 꺼지면

어둠 저편에서 대사가 들린다. *팝콘 좀 줘*
조용히 해!
—

곧 시작해

내 머리의 암실에서 누군가 내 생각을 환풍구로 돌리며 담배 연기 같은 하루를 흘려보낸다

독서의 아름다움

이별을 말하는 동안 쓰여지는 사랑의 역사. 저녁의 책. 그림자를 다 읽기 전에 덮어버린 밤.

무덤 속에서
시체들은 사라져 이야기가 된다. 밑줄을 그으면, 밑줄만 남고 사라지는 문장이 된다. 그리고

꿈의 소각장.

환하게 타는 어느 날의 일기. 구름의 신발처럼 낮게 깔리던 입속의 마른 풀밭 냄새.
고백은 그림자의 먹지 속으로 스며들며 하나의 인생에서 다른 인생으로 다시

넘어가고 있다. 고백의 첫 장을 찢으며

이제 그만하자.

미래로부터 탈출하기 위해 인간은 늙어간다. 마음이 저지른 숲 맹세의 벌목장에서
밤은 수풀을 쓰러뜨리며 차가운 올가미 별빛을 던져 꿈속의 슬픔을 끌고 간다.

이제 그만하자,
말하면

작은 소리에도 와장창 깨질 것 같은 천공의 밤
완벽하게 캄캄해서
우, 소리를 내면
우우

울다가

깨져서, 아침이 온다.

태양이라는 돌멩이에 툭, 부서진 조각들로 그어지는 하루의 윤곽들, 책상과 침대와 밥솥 사이에

내가 흩어져 있다.

하얀 대륙,
책 속에서
검은 활자의 원주민들이 쏘아올린 푸른 화살,

날마다
젊음은 발명되었으나 쓸 길이 없었다.

다인실 다인꿈

밤의 창가에서는 허공과 사람이 하나의 창문을 사이에 두고 서로를 열고 있다는 것을 알게 된다.
건너편을 바라보며 불을 끄거나 켜고 있다는 것을 알게 된다.
누가 묻길래,

그는 착한 사람이라고 말해주었는데, 꼭 그는 슬픈 사람이라고 말한 것 같다.

침대의 잘못은 자신이 입구라는 사실을 알려주지 않는데 있다.
잠이 오지 않으면,

걱정을 만든다. 죄를 빼고 나면,

사랑은 남지 않는다.
하지만

그는 착한 사람이다.

물속에 사는 사람처럼, 그네처럼, 시내버스 요금함에 거스름돈 떨어지는 소리처럼, 넘어졌던 아이가 일어나 탁탁 부딪치며 털고 있는 손바닥, 그리고

비행기,

무심한 밤하늘 한쪽 귀퉁이를 천천히 지나가고 있어야 한다. 검고 푸른 바다를 건너가는 그림자, 오로지 자신만을 가로지르며

나를 잊은 채 먼 나라로 떠나는
사람.

불을 끄면 나는 오래전 내 조상이었던 고래가 추락한 곳이 어딘지 알 것 같다.

시간은 취한 듯 느리고

우리가 하나의 빗방울과 다른 빗방울의 차이를 구별할 수 있어서

늦은 밤 나를 향해 돌진해오는 차, 명확하게 갈라지는 헤드라이트의 각도처럼
밤의 두꺼운 마분지를 찢어 왼쪽의 어둠과 오른쪽의 어둠을 구별할 수 있어서

눈이 멀 것 같은 찰나의 공포를 지나,

밤의 검은 빛깔로부터 하나씩 하나씩 색깔들을 건져낼 수 있다면 건져내, 외로운 별의 고리에 수술처럼 달아놓을 수 있다면

우리는 영혼의 핀셋을 나무의 긴 손가락에 쥐여주고, 계절의 톱니바퀴에 감긴 울음과 울음의 결들을 다 뽑아 한낮의 푸른 잎으로 달아놓을 것이다

그러나 아무것도 보이지 않는
밤,
그 나무는 아직도 그 자리에 서 있는가, 고독이라고 써놓은 깃발처럼 펄럭이는가

바람은

힘껏 달아나는 개 뒤에 끌리는 긴 줄이 바닥에 감아치는 문장처럼, 분다

나는 알아차리게 될까

공중에 새들이 못자국처럼
박혀 있고
태양이 내내 유리창에 고여 있을 때, 부엌의 가스불이 푸른 철사처럼
흔들리지 않고
수도꼭지에서 떨어지던 물이 겨울날 언 폭포처럼
서 있을 때,

차가운 공기의 입술이 사라진 고백들을 물고 놓지 않을 때,
나는 알아차리게 될까. 쓰여지지 않은 연필들의 글자. 사랑해, 라고 말하다
공중에 멈춰 있는 목소리. 힘없이 늘어진 목소리를
거미줄처럼 걷으며
내 얼굴을 한 사람이 내 앞에 나타나 집으로 돌아가는 길을 묻는다.
낡은 신발들의 종점,
가지런히 걸린 수건이 머리카락으로 뛰어든 날씨를 부드럽게 가져가는 곳,
여기인데.
간밤 꿈이 벗어놓은 옷처럼 누워 있는 나에게 간밤 꿈에서 알몸으로 걸어나온 내가 집으로 돌아갈 길을 묻는다.

집에서 집을 찾아 나는 책을 펼친다. 페이지로 적혀 있는 시간의 나이테.

영원은 나무였구나. 잠시 사랑이었고, 금세 잊힌 채 책장을 가득 메운 이야기였다. 그리고 오래도록 끓고 있는 찌개.

물속의 불을 떠먹는 많은 동안에도
나는 몰랐다.

나를 깨우고 갔다

너무 오래 앉아 있었기에 나무를 떠나온 새. 저 잎들은,
다시 날아오를 수 있다.

바람이 불기 시작하는데, 누가 나를 깨웠다.

눈사람.
그는 구름의 종족이지만, 언제나 바닥에서 태어난다. 언제나 몸부터 태어난다.
드디어, 머리를 굴리려는데
누가 나를 깨웠다. 나는 깨어 있었는데,

봄이 왔다.
어느 해 바른 식당에서 냉이를 집으려는데 누가 나를 깨웠다. 나는 보고 있었는데, 눈 녹은 비탈 무지갯빛 아지랑이 웃을 때 광대뼈 아래 팬
네 보조개.

정오의 태양, 불길을 흉내내며 일렁이는 여름 바다에서

누가 나를 흔들어 깨웠다.
쳐다보면,

내 어깨를 짚고 내가 서 있었다. 막 깨어난 내가 나를 깨

웠던 나를 알아보고는,
인사를 했다.
고맙다고 말하고 잘 가, 라고 말했다.

아주 짧고 슬픈 인사였다.

밤과 단 하나의 그림자

불을 끌 수 없었다.
불을 끄면 밤, 그러면 그림자는 바닥에서 일어나 세상을 다 가진다.
신이 된다.
머리맡에 적당한 불을 켜고
식탁에 앉아 밥을 먹으며, 등뒤로 눕혀 빛을 먹이며
나는 그림자와 살아왔다.
나보다
더 높은 높이를 건너뛰고 나보다
더 넓은 너비를 에두르며, 그러나 함께
죽을 수는 없었다. 서해에서

석양의 회오리 속으로 빨려들지 못하도록 나를 가장 먼 뒤쪽까지 당겨서는
방풍림을 붙들고 있었던 것을 안다.

그림자는 소란이 싫다. 부딪치지 않고
부서지지 않는다.
도대체 뭐냐고,
이게 뭐냐고. 내가
누군가를 붙들고 악다구니를 칠 때에도
그림자는 이미 부딪친 채
이미 부서진 채,

그 자리에 쓰러져 있다. 싸움이 싫어서
누구도 넘어뜨리기 싫어서
넘어져 있다. 물론

벽 앞에 서면 나란해지는 순간도 있었지.
거울을 보는 것처럼
나는 그림자의 눈코입을 다 알아볼 수 있을 것 같아서
한참이나 벽을 짚고

있었지.

다시 집으로 돌아와
빈방에
불을 켜고 누우면, 바닥에서 그림자는 나를 다 받아낸다.
왜 이러지. 눈물이 흘러
그림자의 몸에 고이는 것을 느끼며,
훌쩍훌쩍 그것을 다 받아먹고
슬픔이 되는 것을 느끼며

물속에서도 젖지 않던 그림자가
축축해지는 것을 느끼며

나는 기꺼이 눈 하나를 뽑아 그림자에게 건네주고 싶었네.

그러나
불을 끄면,

끝을 뾰족하게 깎은 철근 대문 위를 지나가는 달, 호루라기 소리 속에 돌고 있는 나무 구슬.

달이, 지붕과 골목과 담과 창문에서
어지러울 때.

밤이라는 호루라기 속에서
달이라는 나무 구슬이 사방천지를 호루라기 소리로 가득 채울 때.

간신히 바닥을 추슬러 몇몇 꿈을 데리고 내 몸속으로 추방당한 내가, 무섭게 무섭게

그 견디지 못할 고요 속을 일제히 뛰어다니는 그림자들을
본다.

3부

밤

유령 비

가로등이 어둠을 허수아비처럼 흔드는 밤이다 아니

가로등은 팽팽하게 목줄을 끌고 달려나와 어둠을 향해 짖고 있는 개

봉지가 쓸려간다
어딘가
새들이 잠으로 박혀 있는 데까지가 밤이라면 가로등이 붉은 속을 토하며 컹컹 짖는 데까지의 밤

개

내가 늘 끌고 다녔던 마음 아니
묶어놓았던

밤이면 보이지 않는 몸으로부터 사슬 소리를 당기며 솟구쳐올라 사라지는 것들을 향해

그리고 떨어져
낑낑거리며 불빛의 반경을 도는

개

어둠 속에는 모든 불빛을 소리로 듣는 사람이 있어서 가로등 아래를 지날 때에는 제 이름이 불린 것처럼 환하게 밝아지는 얼굴이 있다
아니면 총소리
가슴에 맞아 붉은 것을 모조리 쏟아내듯이 낙엽이 쓸려가는 시간이 있다
아니면 빗소리

저녁에는
모든 소리를 색깔로 보는 사람이 있어서 결국 까만색이 되고 마는 밤

비

가로등은 우산처럼 서서
바람이 구부러지지 않게 쾅쾅 빛으로 내리치는 기둥

머리 위로 어둠을 펼쳐 내리는 비를 둥글게 씌워준다 아니

가로등은 그대로 멈춰버린 거대한 빗방울 바닥에 부딪쳐 흩어지기 직전의 시간을 매달고 있는 단 하나의 순간

그러면 보인다

개라는 빗방울

밤은 모두를 물어뜯는 시간을 가지고 있다

나라는 봉지를

어느 날 젊음이 나를 그곳까지 걷게 했다고 믿는다 너는 없고 네 방에 누웠다가 깜빡 잠들었던 가을

흠뻑 젖은 꿈으로 깨어나 불러도 아무도 없던 빈 방
스위치를 올리면 어둠으로부터 전신으로 떨어져내리는 검은 날개처럼

소주를 사왔던 봉지가 찢긴 채 구석에 버려져 있었다

도하

우리가 다리를 건널 때
강에서는 조금씩 안개가 피어오르고

내가
저녁이 강물의 푸른 풀밭을 은빛 낫으로 베어 위로 던지는 거라고
말하자

너는 강물이 타고 있는 중이라서 하얀 연기가 피어오르는 거라고

그을린 어둠을 보면 모르냐고

심지처럼
건너편 불빛 하나가 길게 뻗어오고 있었는데

강물 속에서 올려다보면 우리는 공중에서 일렁이는 환영들

어쩐지 나는 마네킹들이 가득 잠겨 있는 바닥에 대한 상상

흘러가는
1월

요즘은 강이 얼지 않아 우리는 난간에 서서도 강물에 얼굴을 비춰보지 않았다

4부
새

외계의 기후

어느 외계의 견문록에서,

지구에는 길쭉한 몸통에 네 개의 관절 수족을 달고 맨 위에 둥근 머리를 올린 생명체가 삽니다 머리는 생각으로 환하게 켜지곤 하는데,
그 부력으로 인해
그들이 캄캄한 우주 속으로 날아가는 것을 막으려고 밤의 한 자락, 그림자를 추처럼 달아놓았습니다,

라고
쓴 페이지만 찢겨 있다

맑은 국을 끓였다 비가 내렸다, 구름의 비행정이 내려보낸 투명 호스들
그러나
우리집에는 바닥이 없다,
17층엔

맑은 국이 끓는 냄비가 있고 밖으로 열리는 창문이 있고 감잣국을 뜨며 창밖을 보던 사람이,
엘리베이터를 타고 나가는

산책이 있다

가로등 빛은 봄꽃으로 피어나고 가을이라서 낙엽으로 떨어진다 그리고 지금은

겨울, 가로등 빛은 차갑고 어두운 바닥을 골라 디디며 생각 밖으로 걸어간다

투명 호스를 꽂아놓은 것처럼

비가 사람에게 생각을 불어넣고는, 다시 부푸는 몸을 적셔 아래로 당길 때

그림자의 무게로 구겨지는 바닥에서

문득,
하늘로 솟구쳐오르는 검은 봉지는

왜 켜지지 않는가

저렇게 높이 날아오른 생각이라면, 저것은
여기서 찢겨져

결국
어느 외계에서는 도무지 읽을 수 없고 오직 우리만 볼 수 있는 한 페이지,

투명 호스로 불어넣는 것처럼

17층

내 미래의 무덤에 먼저 들어가 잠든 사람을 깨우기 위해 이별이 찾아온다

어둠의 뚫린 자리로, 그러나

나는 외계에 대해 생각하지 않았다 너를 생각했다 내게 붙어 있는 한 폭의 밤을 말이다

눈사람

시간은 시계를 보면 거울을 보는 기분일까. 눈이 오면 빈 박스를 타고 날아가는 기분이 든다.

텅텅,

세상을 비우는 기분이 든다.

손을 잡고 겨울을 걸어가는 연인의 마음처럼,

눈 위의 발자국처럼,

새떼가 날아간다. 시계만 남기고 사라진 시간 같은 것을 말하고 싶은 것은 아닌데,

꿈에서 본 일들이 자꾸 기억이 된다.

물,

세면대에 머리를 박고 숨을 참고 있으면, 아득한 깊이에서 사람의 얼굴이 떠오른다.

새떼가 사라진 곳에서도 새떼는

사라진 것이 아니다.

취중 농담

빠르게 앞서 걷다가 갑자기 휙 돌아보았다. 불판 위에서 고기가 뒤집히듯이,
빨갛게 익은 얼굴로

너는 말했다. 등뒤에 불이 붙은 사람처럼

타고 있는 사람처럼

나는 환하게 켜지는 창문을 하나하나 셀 수 있는 것처럼 네 목소리를 다 셀 수 있을 것 같다.
네가,

어차피 세상은 망할 건데, 뭔가 고장나고 오염되고 부딪쳐서 망하는 게 아니라 아름답지 않아서 망할 건데,
나는 우리의 유쾌함과
기쁨과
사랑이 그것을 유예시키고 있다고 생각했어.

라고 말할 때,

나는
양 한 마리와 양 두 마리와 양 예순일곱 마리쯤에서 사라지는 불빛처럼,

네 목소리 속에서 사라질 것 같다.

머릿속이 끓고 있으면 무엇을 넣으면 좋을까. 환하게 창문이 밤을 끓이고 있듯이

그리고,

미역국에서 멸치를 건져내며 머리에서 생각을 건져내는 방법을 생각했다.

생각은 오래된 거지만,

여전히 뜨겁다.

모든 비법이 불 속에 있다는 말은 꼭 사랑에 대한 비유 같다고, 뒤집히는 고기 옆에서 졸아드는 국물 같다고,

누군가 내 머릿속을 부드럽게 저으며

농담을 건넨다.

유령 상자

초인종을 누르고 상자를 남기고 그는 내가 문을 열기도 전에 사라진다

상자에는 내가 읽기도 전에 사라지는 메모가
적혀 있다,

어둠은 담고 싶지 않았습니다 그러나 어쩔 수 없이 또 어둠이 담겨 가겠지요 상자를 열면 순식간에 신발장 뒤나 싱크대 밑으로 숨어버릴 겁니다
어느 날 수돗물 속에서 그들의 눈동자가 그림자처럼 스치더라도 부디 젖지 마시길……

창문 너머로 비가 떨어져 죽고 있다

물이 되고 있다

상자를 들이며 나는 상자가 어둠의 외투라고 생각하지 않기로 했다 집 나온 어둠이 상자를 껴입고
젖은 손가락으로 가리킨 곳이 여기라고,
생각하면

나는 불도 켜지 못하고

내가 비를 보고 있다는 사실을 영영 믿지 못할 것이다 색깔도 형체도 없는 그것이 눈앞에 나타난다는 것

어쩌면 우리가 본 것은 빗소리이거나
비라는 말,

아아 오오 입을 벌리고
더 깊은 몸속으로 사라지는 어둠을 끄집어내려고 말을 하고 말을 하고……

갑자기 침묵이 흐를 것이다

어쩌면 내가 들은 것은…… 내가 밟고 선 내 그림자의 비명이거나
비명의 파란 눈,
우리의 이야기처럼 길게 쏟아지는 수돗물을 멍하니 쳐다보는 밤과 초인종 소리를 얇게 펴낸 것처럼 아침이 지나간다

한번 개봉한 상자는 다시 닫지 마십시오

문을 열고 기다린다 보이지 않는 상자를 내려놓은 그가 상자 속으로 들어가는 것을 지켜본다

겨울의 미래

여름의 바다, 파도는 가끔 눈사람의 말을 한다
하얀 입술 하얀
몸, 어디에 내린 눈이 몸이 되고 어디에 쌓인 눈이 머리가 되는지 알 수 없는
눈사람의,

어디에 치는 파도가 몸이었고 어디에 이는 파도가 머리였는지 알 수 없는 바다에서

수평선은 고래를 키운다 아름답게 떨어지는 저녁 분수로 하늘 한쪽을 들어올린다

부서진 것들의 마음으로서 파도와 눈보라

사라진 것들의 얼굴로서 물거품과 눈송이,

마음은 곧 각자의 길을 결정할 것이다 어느 문을 열고 나갈 것인지
눈과 입
빰이나 손 혹은 언제나 밀물인,
몸

으로부터 눈사람의 익사체를 흘려보낼 것이다, 바다가 눈

사람의 공동묘지라는 사실을 알고 있어서
바다에서 올라온 종족, 우리가 눈사람의 후손이라는 것을 알고 있어서

석양이라는 눈사람들의 유적지,

해를 보고 있다 빨간 다라이 속에 뒤엉켜 있는
물고기떼처럼,

우리는 철없이 죽음을 당겨쓰기 위해 사랑하는 사람이 되었습니다. 어제에 남아 있는 내가 느껴집니다

아직 사랑이 끝나지 않은 날들의 사랑이

사랑이 끝난 오늘도 만져집니다

우리가

소풍 가자
고수부지, 요즘 이런 말은 쓰지 않는다

— 큰물이 들면 잠겼다가 맑은 날 드러나는 한강 둔치

난 왜
공원이라고 하면 감옥이 떠오를까
함께 갇혀 있어서

아무도 모르는 이 세계의 전부를 사랑이라고 여길 수도 있을 텐데, 돗자리를 들고

라면을 끓일 수 있는 편의점이 있으니
김밥은 싸지 말자

이런 말은 쓰면 안 되는데
고수부지라면, 우리는 어느 순간의 물속에 앉아 라면을 먹고 있는 거네
머리 위로 새우깡 봉지가 둥둥 떠내려가는 곳
콜라병과

물풀과 누군가의 슬리퍼 한 짝,
다 먹고

눕는다 네가 아니면 안 될 것 같았던 마음의 푸른 시체가 떠내려간다

마지막으로 물에 잠긴 것은 언제일까,
구름이

가양대교

얼음과 수증기 사이에 있다고 말하면, 꼭 겨울 빙판과 여름 구름 사이에서 물은
봄과 가을 같지만

봄과 가을만 흘러가는 계절 같지만

달빛 안장 위의 밤

어느 것이 쉬울까, 바다에 빠진 웅덩이를 찾는 일과 웅덩이 속에서 바다를 찾는 일
강에서 눈사람을 부르는 일과
구름을 꺼내는 일

가양대교 위에서 어둠과 물을 구별하는 일

아니,
우리가 물주머니 같은 거라면

물풍선처럼 웃음을 터트리는
공원에서

나무가 잎을 피우고 짙어지고 또 잎을 떨구는 일은 꼭 흘러가는 일 같다,

바람 갈퀴를 흩날리며 달려가는 나무를 별빛의 채찍질로 후려치는 일은

꼭 사라지는 일 같다

어느 것이 맞을까, 다리를 걸으며 밤을 건넌다는 것과 밤을 걸으며 다리를 건넌다는 것
어느 것이 꿈일까, 나는 물의 눈동자가 제 깊이 속에 엎드려 눈물을 흘리는 것을 보았다

밤과 어둠이 서로를 바꾸고 사람과 사랑이 서로를 잃어버리는 바다를 보았다

어느 것이 틀릴까,
나는 봄과 가을이 나란히 흰 말과 검은 말을 타고 달려가는 것을 보았다

아무도 없을 때

아무도 없을 땐, 물도 일어서서 걷는다 두 팔을 휘휘 저으며 멀리 걸어가
아무도 없을 땐, 물도 달린다 헉헉거리며 같이 가 같이 가자고 말하지만

아무도 없고

다리 끝에 앉아 있다, 두 다리를 앞뒤로 흔들면서 두 팔을 양옆에 짚고서
물위에 떠서도 흘러가지 않는 달을 보면서, 그게 끝나지 않는 오늘 같다고 생각하면서

가로등이 이어져서는 예쁘다 불빛에 둥둥 떠 있는 마을

그때 운동화 한 짝이
툭,

오늘밤 악몽의 출연자들이 순서를 기다리며 슬쩍 들춰보는 검은 커튼처럼
강이라는 밤의 주름 밑에서

빨갛게 올려다보는 눈동자들

아무도 보지 않을 땐, 물도 다리에 앉아 쉰다 달 참 밝네 이런 인사를 하면서
배에 손을 쑥 집어넣어서는

물이 뚝뚝 떨어지는 얼굴을 꺼낸다

수중 도시

압정을 가득 담아놓은 봉지가

툭
툭
터지듯이

비는 연인들의 달리기가 되기도 한다 세상이 이렇게 한꺼번에 찔릴 수도 있다면
공중을 날아가는 빈 봉지

새

그들이 희망에 찔린 영혼이라는 것쯤은 빈 운동장 버려진 우산이 아니어도 알 수 있다

바람은 찢겨서 웅웅 전깃줄을 붙들고 운다 젖은 종이라도 맡겼더라면
좌우를 흔들며 펄럭였을까

집집마다 덜컹거리는 문이 있는 것처럼

어떤 몸에게는 저 문이 또한 날개라서

동사무소
문이 열릴 때마다 파란 게시판 재난지원금 안내문이 잠시 펄럭인다
정수기에 받아 물을 마시며 본다

압정의 끝
뾰족해서

사라질 것 같은
몸속으로 사라질 것 같은

비

이쪽의 사람들을 저쪽으로 사라지게 만들고
저쪽의 사람들을 이쪽으로 사라지게 만드는
비

연인들은 어디쯤 멈춰 서서 울게 될까 누가 버리고 간 번호표가 죽은 새처럼 바닥에 붙어 있는

동사무소 앞에서 나는 우산을 찾고 있다

활주로

비. 아무것도 집어들지 않았지만
전부 두드리는
비. 빨래가 젖는 마당. 쓰러지다 멈춘 바지랑대. 집게가 없는 거미줄. 안개의 하얀 마스크. 흘러감과 고임의 공중 호수, 빨래.

비가 지우는 저편에는 있다. 지워지지 않는 것. 물의 활주로가 있다. 물을 날려보내는 것. 세탁기, 건조대, 혹은 눈과 뺨…… 멈춘 듯 창밖을 보는 사람이 있다.

비의 숲

너는 말을 빙빙 돌려서 한다. 건넛마을 살던 이종사촌 누나가 물이 불어 빙빙 돌아서 왔다고 하면 양손을 끌어 마루에 앉히고 발을 닦아주던 엄마처럼, 닦아주고 긁힌 자국마다 빨갛게 약을 발라주던 엄마처럼 나는 네 이야기를 탁자 앞에 앉혀놓고 찰방찰방 세숫대야에 물 넘치는 소리를 듣고 싶은데.

먼 곳,

아무도 가본 적 없는 그곳엔 붉은 짐승을 기르는 목장이 있어서 목동은 놀고 싶어 빈 나뭇가지나 두드리고 짐승은 늘 배가 고파 먼 숲만 쳐다보는데,

그 뿔을 처음 본 건 일요일이었다. 나는 아무것도 되고 싶지 않아서 집을 나온 아이였고

빙빙 숲을 돌다가 부러진 나뭇가지를 주워들었는데,

비 오는 날

천둥소리를 듣고 알았지. 캄캄한 너머에 갇힌 짐승이 쿵쿵 공중의 울타리를 머리로 박다가

부러진 뿔,

번개를 보고 알았지.

짐승은 울타리 밖으로 떨어진 뿔을 줍지 못해 구름의 가죽 뒤에서 우는데

—

아무것도 되고 싶지 않은 목동은 뒤늦게 울타리에 불을 지른다.

뿔이 부러진 짐승,
비.

숲에 가면 제 뿔을 찾아 찬 나뭇가지를 두드리는 빗소리가 들리지.

그리고
돌아와, 빗소리를 잃어버린 비가 빗방울로 맺혀 있는 창문을 까치발로 매달려 바라보면
교회에서 죽음은 사람들을 노래하게 만든다.

사랑은 사람들을 가난하게 만든다.

가장 멀리 돌아가는 말은 침묵인데 돌다가 돌다가 길을 잃어 돌아오지 못하는 이야기처럼,
이종사촌 누나는 아직도 빙빙 어딘가를 돌고 있겠지.

비를 세워놓고 보면 온통 긁힌 자국이겠지만 닳아서 없어지는 마음도 나쁘지 않은 것 같아서

—

이제 돌아가, 말하지 않아도 목동은 내 울타리를 빙빙 도는 말을 너무 많이 남겨놓고 떠났네.

타버린 숲

노루를 잡으려고 달렸지. 노루. 언젠가 우리가 함께 키우면 좋았을 개의 이름, 노루. 먼저 일어나 냉장고 문을 여는 너에게, 노루 밥 좀 줘. 그런 말을 하는 날이 있었겠지.

노루. 노루. 세상에 누가 또 노루를 개처럼 키울 생각을 다 하겠어. 이런 농담도 하면서.

꿈속에서,

나는 넥타이를 매고 숲을 헤맨다. 그러게, 왜 개 이름을 노루라고 지어서 개를 노루로 만들어.

나는 하루종일 17층에 앉아 있었는데, 18층, 19층, 20층, 산의 계단을 오른다. 밤은 나무들을 넥타이처럼 늘어뜨리고, 숲 위에 앉아 노루를 개처럼 기르고. 나는 노루야, 노루야. 부르며 개를 찾는다. 어딨니, 어딨어. 노루 밥은 우리집 베란다에 있는데.

우리집이라고 말하자,
우리는 그만 알아챘다.

꿈속에서,

연기는 새가 된다. 굴뚝은 가지가 된다. 집은 나무가 된다. 새가 날아간 자리에서 쓰러지는 나무, 침대에서 황급히 뛰어오르는 노루.

블랙아웃

감은 눈 속에서 서로를 찾는 두 개의 눈동자가 있다
비디오테이프처럼

막다른 회전을 감아놓은 검은 방을 돌고 도는 꿈을 막 끄고 나온 내가 있다,
끊임없이 밤의 골목을 풀어놓는 가로등과 머리를 쥐어뜯는 사람의 방 어딘가

엉켜 있을 머리카락,
되감기지 않는

골목은 밤을 선물한다 창문은 밤을 선물한다 오래된 영사기, 밤의 텔레비전에
녹화된 생을 혼자 보라고

이별은 끝나지 않는다, 창밖으로 지나가는 우연한 행인이거나 귀가의 모퉁이 포장마차를 축축한 혀로 핥고 있는 안개로 남아 있다

공동주택 한 칸이 빈 종이처럼 켜지는
밤,

생각나지 않는 곳은 아름다웠으면

좋겠다

생각나지 않는 말들이 저 혼자 달려가 고백하지 않았으면 좋겠다. 생각나지 않는 사람들의

생각나지 않는 일들 속에서

내가 행복했으면 좋겠다. 골목과 창문이 끝없이 밤을 선물로 보내는 곳에서

나는 우연한 행인으로 지나가다

안쪽을 바라본다

외투를 입은 채 쓰러진 사람의 얼굴 위로 파랗게 쏟아지는 텔레비전 불빛처럼 바라본다.

반지하 살 때

복도 환풍기 앞에 서서 담배를 피우다

깜빡, 필터를 빨고

쓰디쓴 침이 혹

혀끝에 맺힐 때, 환풍기에는 빛이

들어올 수도 그렇다고 멈출 수도 없는 빛이, 내 기억이 잃

어버린 모든 순간의 아름다움처럼

연기를 잠깐씩 환하게 했다

5부
끝

액체 인간

엄마는 뭐라도 담아놓아야 한다며
물을 부었습니다

그렇다면 꽃잎을 따 담는 게 좋지 않을까, 생각했지만

말하지 않았습니다
깨졌을 때
마루에 흥건할 물과
거기 떠다닐 날카로운 파편들,
그건 그냥

내가 늘 하는
안 좋은 상상,

어쩌다 혼자 남아 쳐다보면 항아리는 자꾸만 깊어지는 것 같았습니다
어느 날 제 속을 보여줄 것 같았습니다

엄마가 몇 번 헹구어 수돗가에 엎어두었던 날, 나는 검게 뚫린 구멍에서
끝없이 흘러내리는 무언가를 보았습니다
그건 그냥

상상이었으면 했는데,

시멘트 바닥에 떨어뜨리자 구멍은 사라져버렸습니다
어둠도
깊이도

내가 늘 하던 상상도

항아리 속에는 아무것도 들어 있지 않았습니다

나는 조심스레 깨진 조각들을 이어붙였습니다 이가 맞지 않아 사이가 뜨고
몇 조각은 찾지도 못했지만,
항아리는 완성되고

엄마가 하던 대로 물을 부었습니다

항아리는 금방 우는 얼굴이 되었지만 웬일인지 나는 얼굴을 멈출 수 없었습니다

국자

솥은 펄펄 끓고
사람들은 몰려드는데 몰려와 앉는데
국자가 없었다

솥은 펄펄 국을 끓이고

흰밥은 밥그릇에 국그릇은 상 위에
하얗게 놓여 있고

사람들은 빈 국그릇을 보다가 펄펄 끓는 솥을 보다가
동생과 나를 쳐다보는데

국자 없이는 국을 풀 수 없고 국 없이는 흰밥에도 목멘 얼굴들 캑캑거리며 다시 동생과 나를 쳐다보는 눈에서 땀인지 눈물인지 모를 것들이 흘러
사람들 모두 솥처럼 뜨거워지고
어제는 멀쩡히 있던 국자가 오늘은 감쪽같이 사라진 국자가 어제처럼 사라진 국자가
동생과 나를 국처럼 끓게 하고

동생은 내 손을 잡고 옆집으로 달려갔다
국자 좀 빌려주세요

앞치마를 두른
할머니

국자를 들고 말했다 국자가 없다고
국자잖아요
아니라고 말했다
국자잖아요
동생은 국자를 보고 나는 국자 손잡이를 쥔 손을 따라 고개를 젖히면
할머니는 해에 대고 국자를 흔들며
이건 말이야
침을 튀기며
기둥이라고 집이라고 여기에 생활이 있고 생명이 있고 사랑이 있다고
말하고

빈집 솥을 휘젓는 것은 죽은 자의 몸속을 휘젓는 것이라고

시체를 펄펄 끓여 인생을 퍼내는 것이라고
솥 바닥 같은 슬픔만 남기는 것이라고
어두워지는 수돗가에 허벅지를 다 내놓고 앉아 눌어붙은 살을 벅벅 문지르게 될 것이라고
죽음을 깨우게 될 거라고

들으며

나는 꿈이 깨면 현실인 것처럼 죽음을 깨우면 삶이 되는 거잖아요 생각할 뿐
말하지 못했다

그새 국은 다 식고
국을 데우려고
나는 옷을 벗고 동생을 세워 옷을 벗기고 한 발씩 잡아주며 빨간 국물 속으로 들어가 나란히 앉아
바깥을 내다보았다

흰밥을 남기고 사람들은 모두 돌아갔다

생일날에는 누구나 죽고 싶은 줄 알았다

모르는 겨울

밤은 음악에 속해 있지만 늘 하루에 갇힌다.

초인종 소리처럼 눈이 내리고,

그는 제 걸음마다 수천수만 개 바람의 문이 열리고 있다는 것을 모른다.
가로등 아래서는 폐가처럼 어둠이 부서져 있다는 것을,

초인종 소리가 하얗게 쌓이고

거기 찍힌 발자국이 끝내 들어서지 못한 문 밖에서 얼어 죽은 조금 전의 자신이라는 것을 모른다.

슬픔의 거인이 왔다

거인은 왜 슬플까, 그 큰 몸으로 걸어오며 가리는 햇빛, 거인을 본 일은 없다,
거인의 그림자 때문에.

거인은 계속 자라는 중이다, 우리의 이야기 속에서.

거인은 이야기를 먹고 크는구나,
생각했다.
어느 날 자작나무숲에서 너는 울었다. 왜 울어? 몰라, 그냥 눈물이 난다고.

나는 네가 무언가 잊어버리는 중이라고, 네가 우는 사이 네 이야기로부터 슬그머니 빠져나가는 것.

울음을 먹고 크는 것이 있을 거라고, 생각했다.

뒷걸음질로 걸어가며 환하게 햇빛을 남기는 텅 빈 마당에서
너는 소리친다.

돌아와, 거인에게 거인의 그림자에게 그림자의 이유인 햇빛과 이유가 사라져버린 목소리에게.

순간, 모든 것이 그대로
멈춘다면

네 목소리는 꼭 빈집 천장에 치렁치렁 늘어진 전깃줄 같겠지. 그것을 당겨 목에 감으면
나는 한낮의 가로등 같겠지.

누군가 두꺼비집을 올린다면

몇 차례 튀는 불꽃 뒤에서 나는 거인이 될 것이다, 지직거리는 거인의 그림자가.

이 세계

나는
꽃의 발목을 잘라
꽃병에 꽂고,
죽어가는 냄새를 즐긴다

텔레비전을 켜면, 누군가의 괴로움이 시작될 것이다

대신 양파를 까고
대신 울어주는 사람이 있을 것이다

나는 새가 되지 못한 조류의 날개를 찢으며, 나의 고통을 찾는다
그것을 어디에 뒀을까?

전화를 건다
네게 준 것을 돌려받고 싶다
그러나
침묵은 뱀처럼 흘러들어 생각의 허물을 벗어놓고 차고 잘고 하얀 알을 슬어놓고, 입에서
목으로

배까지

긴
꿈틀거림을 멈추지 않는다, 내 몸은 너무 꽉 끼는 잠바

시간은 언젠가 내 몸을 벗겠지
밤이 되겠지

어떤 어둠은 여러 번 채로 거른 흰 가루 같다 방안에 담겨 물처럼 찰랑거리는 부드러운
공기 같다,
어떤 어둠은 쇳가루 같아서 어릴 적 내가 막대자석에서 촘촘히 떼어낸 그것들이
차고 검고 무거운 그것들이

얼굴로 쏟아지는 것처럼
느껴져

아직 꿈은 시작되지 않았는데
누군가 커튼 뒤에서

커튼을 움켜쥐었다 놓는 것 같다

종례

배에서부터 하고 싶은 말이 차오르면 입안에 얼음을 넣었다. 얼마나 뜨거웠으면…… 물은 영원히 흘러내리는 화상 자국 같다.

매일매일 같은 물속으로 더 무거운 추를 달고 뛰어드는 것처럼, 매일매일 더 무거운 인생이 뛰어드는 몸으로 창문 안에 있다.

유기

친구가 유기묘를 분양받지 않겠냐고 물었다

나는 슬픔을 어떻게 다뤄야 하는지 모른다 유기농 먹이를 구하여 때마다 끼니를 챙기고 적당한 사다리를 세워 슬픔이 커가는 것을 오래 지켜보는 방법을 모른다

슬픔을 몸밖에 꺼내놓고 바라보는 일은 무엇일까 어느 날 슬픔의 말을 다 알아듣는 사람이 된다는 것은 무엇일까

나는 친구의 말을 알아듣지 못하는 사람이 되었다 새벽마다 환한 교회 창으로 쏟아지는 통성기도처럼

언제부턴가 친구는 내 앞에서 울지 않는다

잠이 오지 않는 날, 내가 잃어버린 잠은 창문 밖으로 쏟아져 고양이로 태어나는 것 같다
환하게 벌어진 내 생각의 가장 멀리까지 가 말똥말똥 두어 마리 새끼를 키우는 것 같다

속초

음악을 물에 담그면 물고기 같을까. 이 방이 물에 잠겨 있다면 가스불은 산호초 같겠지. 무수한 순간이 지나간다고 해서 무수한 인사가 필요한 것은 아니다.
하나의 푸른 침묵.

바다.

돌아와
동전과 담배와 해변을 꺼내놓은 그가

꽁꽁 얼어붙은 냉장고를 북극으로 가리키며
이건 만년 전의 어항이야. 흰 서리 낀 얼음 한 알을 입속에 넣어준다.

어떤 음악은 멈춰 있다.
물수제비처럼 하늘을 지나가는 새들

다리가 보이지 않는다.

펼치면 물살을 가진 책.
자갈을 삶은 날의 공기.

검은 스피커처럼 물속은 켜져 있다.

올려다보면, 여태 물수제비 파장으로 스러지는 해가 남은 말로 흔드는 수면.

하필이면 빨갛게 생선찌개를 끓였다. 노을이 아름다운 날. 노을 속에서 조용히 녹고 있는 것들을 생각한다. 바다를. 호수를. 수돗가 세숫대야에 물고기처럼 일렁이던 저녁을. 아버지가 누이를 업고 달려갈 때 발에 차이던 세숫대야 흙바닥에 엎질러지던 밤을.

이제 본다.

그가 모든 이야기를 하나하나 얼굴로 가져가서는
문득,
밤은 누군가 바다의 문을 열어젖힌 시간이라는 것.
둘러앉아 밥을 먹다가
문 너머 서서히 어두워지는 골목까지 걸어온 심해를 찬바람으로 맞이하는 시간이라는 것.
말할 때,

밤을 동굴로 만드는 불빛 너머
거기 있다.

음악을 들려주기 위해 물고기를 널어놓은 빨랫줄. 끝나

지 않는 수평선.

왜 맨발이야? 달려가면 점점 더 멀어져서 끝내 걷을 수 없는 푸른 천.

미래

슬픔에 고용당한 사람들은 사랑에 관한 수백 가지 말을 알고 있지만, 마음은 또한 물에 담가둔 고깃덩이 같아서 아무리 온도를 낮춰놓아도 조금씩 상해간다.

중고가전 수거 차량처럼

비 온 뒤 지구는 커다란 비눗방울 속에 갇힌 것 같다. 울고 난 뒤 너는 너만큼의 비눗방울 속에 갇힌 것 같다.

차 마실래?
아니.
아무도 저어주지 않아서
물고기는 어항 속을 저 혼자 빙빙 돈다.

물고기는 녹지 않는다.
아픈 사람의 입술에 물려주는 젖은 헝겊처럼 빨래가 널려 있다. 빨래는 어항 같다. 아무도 마시지 않는다.

소리가 들린다. 차들이 왔던 길을 가는 소리.
물속처럼,
너는 오후를 조용히 보낸다.
후후, 불며 졸음이 졸음을 마시는 동안에도 옷은 조금씩 빨랫감이 되어간다.

책을 펼치고 어떤 문장도 읽지 않는다.
그래도

책 속에는 사랑이 있다. 이야기는 사막이거나 바다. 다음 페이지로 넘어가기 위해 폭풍우를 건너는 낙타가 있고, 죽

어버릴 거야. 문을 쾅, 닫고 나가서는 어느 모퉁이 식당에서 국수를 삼키는 순간이 있고

책 속에도,

책처럼 조용한 사람이 있다.

끝.

창문을 닫으려고 창가로 간다.

너머엔 학교가 있다. 여름이 운동장에 물길을 만들고 사라진 뒤 아이들은 다시 빗방울처럼 돌아올 것이다. 팔, 구, 사, 오, 전화번호를 크게 알리며 중고가전 수거 차량이 지나간다.

어항은 식었다.

누구여도 좋은

내가 조금 더 젊었을 때는 누군가 살아 있었을 때 누구여도 좋은 누군가
어떻게 살 거냐
물으면, 나는 머뭇거리고 넌 되물었지만 아이가 있는 형들은 다 대답을 가졌다
그게 무서웠다
계획이 있다는 거 골목이 목적지를 가진다는 거
인생이 도달한다는 거,
용산역에 내렸을 때 누군가 나에게 전단지를 건넸다 빨간 고딕체로 쓰여진 미래는

외롭게 죽을 각오를 못하게 한다

청소부는 나무의 것을 빼앗아 가을의 것으로 만든다 나는 무심코 빗자루를 보았지만
얼마나 닳았는지 바닥이 알 필요는 없으니까

상점에는 완구용 빌딩이 있고 완구용 가로수가 있고 완구용 역사와 기차가 있어서 빌딩 사이로 기차가 달려가고, 달리다가 어느 순간 철로를 벗어난다
아이는 울고
울다, 기차를 팽개치면 빌딩은 무너지고 가로수는 쓰러지고 그래도 파란 모자 역무원은 서서 깃발을 들고 웃는다

어른들은 왜,
쓰러지지 않는 기차를 만들지 못할까 왜 쓰러질 기차를 만들어서는 그 앞에 아이를 세우는 걸까

유리에 이쪽과 저쪽이 함께 스미는 순간이 있다

면접을 보고 와서, 우리는 숲으로 난 창이 있는 카페에서 촛불을 불었다

헤링본

바다……

이리저리 파도를 들춰봐도 단추를 달아줄 데가 없다 물방울 레이스 하얀 해변의 천,
가끔 식탁에서도 보았던 그것들
아침과 저녁들

날마다 나는 자고 있거나 깨어 있었는데

바다……라면 나도 좀 안다 바다가 보이지 않는 창가에 앉아
마음은 말이야, 마음은 말이라서 상추에 흰 살점을 올려 우그적거린다
파도는 저녁에만 수천 번 육지로 내달렸지만 정작 남은 것은 수평선인데,
마음은 말이야, 그건 매일 밤의 악몽

이제 여기서

우리는 바다가 보이지 않는 창가에 앉아 매운탕을 먹고 있는데, *다시는 여기 오지 말자*
건너편 테이블에서 건배를 대신하는 젊은이들
젊음, 그것은 남해까지 와 늙어가려고

웃는다 한 사람이 부산을 말하면 한 사람은 제주를 말하고 한 사람이 잔을 비우면
한 사람은 채운다, 역할을 바꾸며 늙어가려고
오늘을 내일로 바꾸려고……

이제 여기서,
우리는 바다가 있다는 것도 까맣게 잊고 마음까지 잊어먹을 지경인데

여기 와서까지 이럴래 진짜
건너편에서 싸움을 대신하는 젊은이들, 그래도 말리지 말자 서로를 바꾸는 중이니까
부산도 제주도 아니니까
그때, 한 명이 의자를 끌어안고 쓰러졌다 파도처럼……
사람들 해변처럼 몰려들고
갑자기 환하게 밝아지는 창문 너머로 바다가 보였다
바다……

저 풍경에 잠긴 것들에 대해서라면
나도 좀 안다

넘어져, 파도 소리를 만드는 젊음들 기워도 채울 수 없는 시절이 있다는 것 정도는 나도 알아서

돌아왔다
17층

이 집은 남동향이다

내가 여기서 매일 쓰러지는 이유, 꿈을 말리던 기억으로
엇갈리게 눕던 우리의 시간처럼
검은 블라인드 사이로 햇살이 들어와

내 몸에서
청어의 뼈를 발라낸다

6부
꿈

나뭇잎은 칸칸이 떨어집니다

가로등은
가로수를 흉내내느라 노랗게 농한 열매를 떨어뜨립니다.
가로수는

쓰러지기 싫어서 침대를 세워놓고 자는 사람 같습니다.

한 시간씩 잠을 자듯 칸칸이 어둠을 베고 누워 있습니다.
꿈의 어디쯤에서 건너야 하나.

두리번거리면,

보세 가게

마네킹은 두 달째 같은 옷을 입고 있습니다. 두 달 전 나는 마네킹이 옷을 입는 장면을 목격한 적 있습니다.
그러니까 팔월이었고

벌건 대낮이었는데, 아무 거리낌 없이……

팔을 뚝 떼어냈습니다.

저 옷입니다. 빨간 바탕에 수놓은 흰 나뭇잎을 기억합니다. 그러니까 아직 더웠고

사람 많은 큰길이었는데

긴 소매 속으로 팔을 쑥 끼워넣었습니다.

이목구비 없는 마네킹이었는데
얼굴을 지워버린 것 같았습니다. 밤의 검은 벽에 갈아버린 것 같았습니다.

밤은 칸칸이 지나가니까.

가로수는
가을을 흉내내느라 노랗게 농한 불빛을 떨어뜨립니다. 마네킹이야말로
한 시간씩 건너가는 사람입니다.

빨간 바탕에 흰 나뭇잎이 잘 어울립니다.

꼭짓점

태풍이 해안을 지나가고 있다고 했다. 선풍기가 돌아가는 곳에서 날씨의 모양을 상상했다.

소라를 닮은 여름.

둥글게 몸을 말고 자신에게로 향하다보면, 점점 뾰족해지다가 뾰족한 끝에서 어느 순간 사라질 것이다. 선풍기 뭉게구름 선풍기 뭉게구름, 아무 뜻 없이 선풍기 앞에서 뭉게구름을 떠올리다가 선풍기뭉게구름선풍기뭉게구름, 중얼거린 일조차 잊은 채 밥때를 맞는 것처럼,

구름은 제가 구름으로 불리는 걸 몰라서 비를 내린다.

물이 끓는 소리는 물에 찔리는 소리처럼 들린다. 열어보면, 터져서 냄비 속에 담겨 있는 중얼거림처럼,

오늘 찌개는 좀 짜다.
물을 더 부을까?

화상병동 문앞에 꽂혀 있던 이름을 주머니에 넣고 왔다. 선풍기에 대고 아아아아, 하면 펼쳐지는 해안처럼,

여름은 제가 여름으로 불리는 걸 몰라서 가을이 된다.

해변

해변에서
읽던 책을 덮어두고

죽어 있는 돌과 살아 있는 돌을
골랐다

젊음이 유행하던 계절이었다

누가 지은 집일까, 구름은 자주 배관이 터지는 집
바닥을 파보겠다고 얼굴을 때리는 비

뛰어와

다시 책을 펼쳤을 때
등장인물들은 다 짐을 챙겨 떠나고 없었다

대성당

서 있다.

곧 종소리가 날아올 것이다.
손 흔들려고,
미리 끊어둔 표가 있는 것처럼 네가 있는 곳으로 날아가려고…… 기다리고 있는 것은 아니다.

장미꽃처럼 해가 진다.
서 있다.

장미넝쿨처럼 노을이
번지고, 곧 종소리가 날아올 것이다. 내 몸속에, 뭉쳐진 가시들이 붉게 커지면……
이런 고백.
핏줄은 바람에 뽑혀 나뒹굴다 외진 웅덩이에 빠져버린 장미넝쿨처럼
몸속에 던져져 있다, 어쩌면 종소리처럼. 아직 떨어지지 않은 장미꽃처럼
심장은 박혀 있다. 어쩌면 종처럼,

서 있을게.

장미 다발을 건네며……

시간이 길을 잃어버린 곳에서 그날의 우리는 추억이라는 교복을 입고 담배를 피우겠지.
술병을 쓰러뜨리며,

여기는 스무 살 같아. 같이 살지 않아도 괜찮아,
스무 살인 곳에선.

말한다.
종소리보다 크게 그리는 화가는 없는데, 성당 천장에 그려진 장미 넝쿨은 좀 달라서
한번 일어났던 일이 마음속에서 다시 일어나고 또 일어나고 일어나고……

어떤 고백은 한 적도 없는데 끝난 적도 없다.
서 있으면

종소리가 날아와 내 몸속에서 나를 건져간다.

눈사람의 시체를 찾아 바다를 헤매는 자의 지느러미가

선로 위를 미끄러지며 기차가 도착하자 눈이 내리기 시작한다. 문이 열리고

몸은, 수많은 발자국을 껴입고 있어서 가는 곳마다 발자국을 벗어놓는다.
역장은 알린다.
이 역을 떠나는 손님께서는 자신의 발자국을 다 가져가시기 바랍니다.

몸이 발자국인
눈.
이 얼어붙은 빗방울은
창 너머, 먼 시간을 지나가는 물속의
걸음 같다.
기차와 플랫폼을 가르며 떨어지는 이별을 조금만 더 늦춰보려고,
풀풀,
마음의 수도를 얼리며 서 있는 바람의
발.

아무도 떠날 수 없어서

자리를 깔고 신발을 벗고 텔레비전을 켠다. 눈은 내리고,

울다가 웃다가 프라이팬에 기름을 두른다. 눈은 내리고, 계란을 깨고 소금을 치고, 기다린다. 흰자위가 흰자위가 되는 동안

봄이 와,
둘둘 발자국을 말아 가방에 넣는다.
역장이

창구에 걸어놓은 잠바에서
한꺼번에 터져나온 하얀 털처럼,

공중에서 출렁이며

언젠가는 물이었던
밤,
발자국은 떠난다는 말을 모르지만
눈사람의 시체를 찾아 바다를 헤매는 자의 지느러미가 바람 속에는 있다.

무턱대고 걸어나온

바닷물 속에는 아직 태풍이 되지 못한 복통이 있다

사막은 무턱대고 걸어나온 해변이라서 언젠가 사막까지 파도는 바다를 옮겨갈 것이다
그것은 꿈 이야기

그것은 몸 같아서

누구도 제 안에 무엇이 있는지 알 수 없다 창문에서 뛰어내리는 순간
한번 뛰면 어떻게든 멈출 수는 없고
긴 삶의
알 수 없는 꿈을 꾸고
또 꾼다

자고 또 자도 드러나지 않는 바닥에

오래 누워 있다

복통 속에는
어느 순간 바람을 잃은 태풍의 눈이 남아 있어서 몸밖으로 열린 잠의 창문이 달려 있어서
깜빡이며

본다
어지러운 핏줄 덤불 속에 엉켜 있는 아침을

꿈은 무턱대고 걸어나온 죽음이라서 언젠가 꿈에까지 잠은 삶을 옮겨갈 것이다

유령들의 물놀이처럼

밤은 먼 하구에서부터 대지의 터진 강물을 달빛의 바늘로 가늘게 뜨고 있다

유령들의 물놀이처럼 바람

자자
왜 생각은 보이지 않는 곳에서 더 잘 보이는가

자자
생각의 입이 터져 노래를 부르는 노래방 간판이 꺼진다

좋았을

너는 창가로
가 밤새 비가 왔나봐 잎들이 파랗게 다 젖었네,
나는 옆으로
가 난파당해 멀리 가라앉고 있는 구름을 보았다

봄 나무들
아래에는 꽃이 피어 있었다

노란 꽃은 노랗게 젖고
파란 꽃은 파랗게 젖네
이런 말을 하려다 말았다 그 말 앞에, *정*말이라는 말까지
그리고

여름은 봄을 죽이려는 걸까?
이런 생각을

겨울이 봄을 낳고 다시 가을이 겨울을 낳는다는 이야기를
나는 믿을 수 없어서
자고 나면 달라지는 날씨처럼
밤의 복면을 쓰고 온 여름과

밤의 복면을 쓰고 온 생각을

말하지 않았다
또 비가 와, 너는 손을 쭉 내밀며 구름을 본다

봄
나무들 아래 투명하게 걸린 비 끝에 꽃들이
목을 매달고 있었다

봄
나무들, 아침의 사형대 혹은
죽음의 투명한 머리 위로 솟구쳐오른 푸른 불꽃들

이런 생각을

구름이 가져다주는 날이었다 소리 없이 철거되는 구름처럼

말하지 않았으면 좋았을 말들 말하지 않았으면 또 말했으면 좋았을 말들이
생각 속에 날씨를 만들어, 오늘은 악천후
그러니

가
응, 가

이런 말만 주고 또 받는 사이
다시 비가 개고

우리는 여전히 창가에 서 있었다
창밖에는

노란 꽃은 노랗게
파란 꽃은 파랗게

봄
구름들, 산책 나온 사람들
그중에

목줄도 없이 혼자 달려가는 개의 목줄을 잡고 뛰어가는 사람을 본 것 같다고 말하자

너는 다른 날 이야기인 줄 알았다

7부

비

모든 우산은 비의 것

비의 시체를 가득 실은 수레가 물위에 쓰러져 있다 걸음을 멈추듯 사랑을 멈춘다

가을에는
투명한 기린이 걸어다닌다

비를 딴다

내 몸에 꼭 맞는 시체를 가지기 위해 가끔 약을 삼킨다 아직은 아닌 것 같아 더 늙어야 해서
밥을 먹고
나와

신호등 앞에서 기린의 행렬을 보고 있다
기다린다

머리에서부터 조금씩 투명해지는 사람들을 보고 있다
기다린다

그때

신호등이 바뀌고 야 벌써 시월이야! 앞질러 뛰어가는 소년의 목소리가

검은 우산을 벗어나
자유로 지나 가양대교 건너 노란 창문 너머 침대 위 한 방울 머리로 맺힐 때
시월

비

어느 장례식장 부의함 속으로 떨어지는
흰 봉투 같다

두 번은 안 돼 한 번이니까
괜찮다
침묵의 수레 가득 실린 울음을 덜컹거리는 바퀴로 굴리고 가는 가을이니까
괜찮다 사람들은 모두 같은 건너편을 가지고 있으니까
간다

그때

기린의 무리 속에서 투명한 눈망울 하나가 천천히 목을 비틀어

나를 바라보았다

해설

파수꾼, 시

양경언(문학평론가)

1.

신용목의 여섯번째 시집이 도착한 지금 이곳은 여름이겠다. 한 권의 시집이 계절의 무게를 모두 몰고 왔다고 말하는 건 얼마간의 비약을 감당해야 하는 일이지만, 그의 이전 시집들의 발행일자에서 발견되는 특징이 앞서의 문장을 정당화하므로 과감히 쓴다. 대체로 연도만을 확인하고 넘기기 십상인 책의 초판 발행 날짜에 대한 얘기다. 시인이 시인 자신을 떠났을 때 쓰일 수 있는 시로 채워졌다고 얘기되었던[1] 세번째 시집의 초판 발행일자(2012년 9월 26일)와, 시인의 시가 가진 무게감의 발원지로 "개인의 삶과 역사적 사건이 교차"하면서 울리는 "어떤 비명과 다짐, 그리고 미처 다 해소하지 못한 무언가"[2]를 그려냈다는 평이 함께하는 소시집 『나의 끝 거창』의 초판 발행일자(2019년 3월 25일)를 제외하면, 시인의 시집들은 대체로 7월과 8월이라는 여름께에 독자들과 만나곤 했다. 첫 시집인 『그 바람을 다 걸어야 한다』의 초판 발행일은 2004년 7월 30일, 두번째 시집 『바람의 백만번째 어금니』는 2007년 8월 6일, 네번째 시집 『누군가가 누군가를

1) "젊은 예술가라고 해서 자신이 지은 집이 갑갑하게 느껴지는 때가 왜 없겠는가. 최근에 신용목은 신용목을 떠났다." 신형철, 「적국에서 보낸 한철」, 『아무날의 도시』 해설, 문학과지성사, 2012, 142쪽.

2) 송종원, 「우리가 덜 읽어냈던 과거가」, 『문학들』 2021년 여름호, 37쪽.

부르면 내가 돌아보았다』는 2017년 7월 27일. 이 기록을 차례로 살피다보면, 궤도에서 일탈할 때나 숨겨진 기원에 대해 모험하듯 노래할 때가 아니라면 그의 시의 항상성은 시인이 친구들과 "아담하고 아름다운 정자 심소정에서 책거리"를 했을 적의 기후, "여름 저녁이 매미 소리 위에 어둠을 모자처럼 씌워주는 풍경"[3]이 포개질 적의 시간을 품고 있는지도 모르겠다는 생각을 하게 된다. '여름'이라고 단출히 말했지만, 아마도 시간이 지나면 쉽게 잊혀도 되리라 여겨질 장면 속의 훈기—'열기'가 아니라 '훈기'다. 시인에게 여름은 수치상으로 높은 열도로 꽉 찬 계절이기 이전에, 생기를 돋우는 사람들과의 연결로 빛깔을 만들어내는 계절이었을 것이다. 이런 시인이 특정한 기후, 특별한 시간으로부터 건져 올리고자 하는 것으로서의 '훈기'—를 되새기면서 시집들이 출발하기를 바라는 시인의 마음이 여기에 있는 것 같다.

시가 몰고 오려는 계절이란 다시 말해 살아 있는 모든 것들이 다른 이들과 더불어 있는 덕에 자신만의 농도를 최대한 짙게 가져가는 때, 지금 세계에선 사라졌다고 해도 무방할 무언가를 잃어버리지 않고 어떻게든 감싸안음으로써 '정말로' 그것다운 모습을 갖추는 때, 무언가가 무언가다운 모습으로 있기 위해 그 자신을 사로잡은 온갖 형이상학의 맥

3) 신용목, 「하나의 산과 인공호수 그리고 거창」, 『나의 끝 거창』, 현대문학, 2019, 126쪽.

락에서조차 해방되고자 애쓰는 때를 일컫는다.

한편 이처럼 시가 계절을 몰고 '오려'는 몸짓을 하고 있다는 것은 아직 그러한 때가 지금 이곳에 도착하지 않았다는 의미도 될 것이다. 신용목의 시는 실상 '그때'에 대해서가 아니라, 그 '때'가 도착할 수 있도록 길을 내는 행위로 이루어진다. 이렇게 말할 수 있을까. 시인의 시는 매번, 그때 그 훈기는 어디로 갔을까 하고 생각에 잠긴 이에 의해 쓰이는 중이라고. 사라진 것이 있긴 있는지 물으며 빠르게 흘러가버리는 사람들 사이에서 너는 무언가와 끝까지 함께하겠다는 약속을 지킨 적이 있는지 되물으면서, 그 어김까지도 너라고 일러주면서. 신용목의 시는 사람이 잃어버린 계절의 가장 깊숙한 곳에서 시작된다.

신용목의 여섯번째 시집에 접근할 수 있는 많은 방법이 있겠지만 시집의 생일'들'이 한 계절로 수렴되는 상황이 우연은 아니라는 발견을 그중 하나로 삼기로 한다. 무더운 어느 여름날 저녁, 한 친구의 시집이 나와 축하하기 위해 모여든 이들이 먹을 것을 마련하려 솥을 불 위에 올려두고, 촛불을 켜고, 노래를 부르고, "어둠을 밀어두고"(「하나의 산과 인공호수 그리고 거창」) 이야기를 나누었던 장면을 다시 선명하게 '기억'하려는 자리에서. 이제 그 '아름다운 출판기념회의 노래'가 사라지고 그 장면이 '없는' 것이 되었을 때 여기 있는 우리는 누구인가 질문하는 곳에서. 사라진 장면이 시인의 몸 깊은 곳에 들어가 앉아 이제는 시인 혼자 불 위에 솥을 올리고, 물을 끓이고, "어둠을 한 사발 덜어서" "후후 불며 밤새"(「생활사」) 그것을 먹는 의식이 치러지는 곳에서. 이러한 행위가 어느덧 생활의 일부분이 되었으므로 처연하거나 비장하기보다는 오히려 사라진 무언가를 지킬 줄 아는 이의 근엄하고 담담한 힘이 들어선 데에서 우리는 시인의 여섯번째 시집과 만날 수 있다. '지킬 줄 안다'고 했거니와 이번 시집에서 시인은 마치 파수꾼처럼,

있다.

2.

1부를 이루는 세 편의 시에는 연속성을 형성하는 장면이 있다. 꿈과 현실의 경계를 만들어내는 '어둠'을 배경 삼아 찌개든, 물이든, 비든지 간에 자글대면서 끓는 무언가가 시의 후반부에 나타나는 것이다. "돌 속에는 돌이 있고 그 속엔 또 돌이 있다는"(「오르골」) 이야기를 꺼내면서 겉으론 움직이지 않는 것으로 보이는 견고한 존재에도 그것이 현재까지 끌고 온 역사와 움직임이 있음을 가시화하는 시인이 '끓는' 무언가를 등장시킨다면, 해당 장면은 액체에서 기체로 변화하는 운동의 상태를 포착하기 위한 것으로 읽히기 쉬울 것 같다. 그런데 독특한 점이 있다. "누구나 자신의 그림자를 깔고 누운 자는 자신"이고 "누구나 자신의 발자국을 밟고 서는 자는 자신"임을 말하면서 양과 음을 갈라내는 기준도 결국 자신임을 눈치챌 때, 그래서 '자신'이 어둠의 일부분이기

도 하다는 것을 승인할 때, 시의 관심은 기화와 같이 변화를 꾀하더라도 변화하는 상태에 치우치기보다는 그 변화를 추동하는 것, 변하지 않음으로써 변화를 만들어내는 것, 변화하면서 남겨지는 것에 있기 때문이다. 요컨대 세 편의 시에서 두드러지는 장면은 끓는 상태보다는 시의 목소리가 자꾸 무언가를 끓이는 행위를 하는 데에 있다.

시에서 '나'가 무언가를 끓이는 일은 언제 일어나는가. 가령 「오르골」에서는 우리가 살면서 어둠을 통과해야 한다면 그 어둠은 "꿈"이 "현실"의 침탈을 받지 않도록 지켜주기 위한 것임을 새기는 '나'가 등장한다. 그런 '나'가 정작 "내 꿈속에는 아무도 살지 않는다"면서 이미 자신의 꿈은 현실과 섞여 빛이 바래져버렸다는 것을 자각하는 순간, 시는 자기 자신으로부터 등돌리는 냉담한 목소리가 아니라 버려지고 빛바랜 것들을 살피는 자상한 목소리를 내기 시작한다("오늘은 재활용 분리수거하는 날이고 분리수거장 한쪽에 쌓인 박스에 멋진 날개를 달아주려고 준비중이다"). 재활용되는 사물들의 잠재성을 발견하는 가운데 '나'의 생활을 저버리지 않는 동작이 취해지면서 "끓는 찌개 속에 숟가락을 담"그는 장면이 등장하는 것이다. 한결 의젓하게 '나'의 귀가 "끓는 찌개" 소리를 '참 좋은' "빗소리"로 듣는 과정은 '찌개' 안에 담긴 재료들이 길러지기까지의 풍성한 자연의 움직임, 생활 속에서 쉽게 드러나지 않을지언정 암약하고 있는 모종의 '잠재성'이 나타나는 방식이 된다.

「구름 제조법」에서 시는 더 적극적으로 무언가를 '제조'하고, 끓이는 행위를 시도한다. 이 시는 "불을 지피고 밥을 안"치고 "흰 연기를 지피"는 일을 "날씨"가 한다는 상상을 펼쳐내면서, 바람이 불고 구름이 만들어지고 비가 내리는 일을 "주전자에 받아 물을 올리고" "불을 지피"며 물을 끓이는 이의 몫으로 전한다. 한 사람이 물을 끓이는 일과 온 세상에 비가 내리는 일은 무관하지 않고, 마찬가지로 떠나간 사람들을 붙잡을 수 없어 남겨지기를 결정한 이의 일과 사라지는 "빗방울"일지언정 그것을 가시화하기 위해("건져내기 위해서") 끓고 있는 주전자의 일은 별개가 아니다.

물이 끓는 과정을 통과해서 기화한 끝에—그래서 물이 사라지는 과정을 거치면서—만들어내는 것이 비라면, 이 세상엔 함부로 사라졌다고 말할 게 없다. 문제는 우리가 눈앞에 보이지 않는 것들의 잠재성을 어떻게 발견하는지, 혹은 사라졌다고 하더라도 사라진 게 아님을 믿을 수 있는지에 있다. 이 시에서 '끓이는' 일은 "*어떤 일도 일어나지 않는 하루*" 혹은 "*어떤 이별도 남아 있지 않은 인연*"에게 역방향의 말들을 전하기 위해, 다시 말해 '어떤 일도 일어나지 않는 하루는 없고', '이별 그 자체는 남겨져서 인연을 부정하지 못한다는' 얘기를 전함으로써 이탤릭체로 쓰인 구절을 똑바로 일으켜세워내기 위해 벌어진다.

비단 1부로 묶인 시들뿐만이 아니다. "생선찌개를 끓"이는 일을 통해 "문 너머 서서히 어두워지는 골목"에서 벌어졌던 일들까지 생생하게 살리는 시 「속초」나, "냄비 속에 담겨 있는 중얼거림"을 "물에 찔리는 소리"로 들으면서 누구에게나 다른 이에겐 드러내기 힘든 뾰족한 지점이 있다는 것을 이해하게 만드는 시 「꼭짓점」, "금세 잊힌" 사랑에 대한 이야기를 "물속의 불"로 발견하고 그걸 "떠먹"는 순간을 "영원"한 순간으로 남기는 시 「나는 알아차리게 될까」, "도무지 읽을 수 없고 오직 우리만 볼 수 있는 한 페이지"와 같은 "너"를 함부로 분해할 수 없는 책처럼 비밀로 품는 방식을 일러주는 시 「외계의 기후」에서도 '끓이는 행위'는 '나'를 포함해 우리 주위의 모든 것들이 품고 있는 잠재성을 발견하는 데에서 행해진다. 마치 이런저런 질료들을 끓여냄으로써 순수한 결정체를 얻고자 하는 연금술처럼 시는 어떤 이들이 '그저 그런 것'으로 여기면서 지나칠 풍경에 담긴 순수한 가능성을 건져내는 일에 열심이다. 고대 그리스인들에게 "질료(hyle)"라는 용어가 "가능성과 가상의 세계를 동시에" 아우르는, "순수한 가능성, 모든 형태를 받아들이고 수용할 수 있는 '형태 없는' 가능성"이었음을 떠올린다면[4] '형태 없는' 가능성에 형식을 입히는 작업에 복무하는 사람, 그가 곧 시인인 셈이다. 이 시인 파수꾼은 단지 과거의 어느 영광된 시간을 지켜내는 데 관심을 두고 가만히 있는 사람이 아니라, 많은 존재가 잃어버려서는 안 되는 가능성을

4) 조르조 아감벤, 『불과 글』, 윤병언 옮김, 책세상, 2020, 169~170쪽.

지켜내고자 성실하게 움직인다. 가능성을 발굴하는 현장이 때때로 '책'의 형태로 나타나는 시의 부분을 잠깐 읽는다.

어둠이
생각을 감싼 표지라면

제목은 지나갔다

제목 없는 표지면 어떤가, 아무리 찢겨도 맨 앞 장이 표지겠지 아무것도 적혀 있지 않아서 찢어내고 찢어내도 그대로인
생각처럼
비,
젖는 일에는 입구가 없어서

책을 읽는다

죽은 자의 생각이 지나간 자리에 글자가 남아 있다, 죽은 자를 깨워다가 다시 죽인다

찢겨나간 페이지가 또 한 권씩 책이 아니라고 말할 수 있나, 한 장으로 이루어진 책
그러니까

무수한 낙엽들이 한 권씩 책의 무게로 떨어지고 있다 무수한 바닥을 찢으며
비,
가스불로 끓이는 것 같은 비
아무리 졸여도 결정되지 않는 글자로 자글대다 간신히 피어오르는
비,
짜질 줄도 모르고

—「책」 부분

어둠 속에서 비가 내리는 상황을 위의 시는 '책'의 이미지와 연결한다. 책을 들여다보는 일이 우리를 "지나"치고 마는 생각들을 끝내 "집요하게" 끌고 옴으로써 우리 내부에 숨겨진 영혼의 숨통을 트이게 하는 활동이라면, 위의 시에서 "비"는 별다른 "입구" "없"이도 "죽은 자"에 대한, 혹은 "아무리 졸여도 결정되지 않는" 의미들을 끌고 오는 끈처럼 역할한다.

수직으로 내리는 비가 책으로 등장하는 상황은 책의 이미지를 달리 상정하게 만들기도 한다. 우리 주위에서 흔히 마주할 수 있는 '책'은 한 페이지, 한 페이지가 찢겨나가기 쉽도록 종이를 겹겹이 쌓아 만들어진 형태이자, 옆으로 넘기는 모양새를 하고 있다. 하지만 인류의 문명사 어느 시기에 책은 두루마리 형태로, 위에서 아래로 펼쳐 읽는 모양새를 하

고 있었다. 이를테면 서구 유럽에서 "우리가 알고 있는 형태의 책"은 "서기 4세기에서 5세기경"[5]쯤에야 등장했다. 이탈리아의 철학자이자 비평가 아감벤식으로 말하자면 "항상 글이 적혀 있거나 그림이 들어간 페이지"에 비해 "순수한 가능성의 고통스러우면서도 풍부한 상징"인 "여백"[6]을 담은 과거 수직 형태의 책처럼 비가 내리는 것이다. 책이 잃어버린 옛 형태로 어둠 속에서 펼쳐지는 순간을 비 내리는 장면으로 그려내는 위의 시는 무언가가 더 있을 것만 같은 '가능성'이 숨겨진 풍경으로서의 비, 혹은 잠재성이 늘 도사리는 책, 그리고 삶이 허락하지 않은 여백을 포함함으로써 죽은 자를 더이상 "죽은 자"로만 여기지 않는—어쩐지 위의 시에서 시인은 죽은 자를 으스스한 유령으로 대하는 게 아니라 삶과 죽음의 경계선상에 대한 생각을 '끌고 오는' 존재로 마주하는 것 같다—이의 시간을 연다.

"자글"대며 글자를 끓이는 행위를 통해(시인은 비가 내리면서 도로에 부딪히는 소리를 우리가 책을 읽으면서 생각의 질료를 '자글자글' 얻는 과정에서 내는 소리와 유사하게 듣는다) 시는 말한다. "당신에 대해서라면" "책이 아니라 문장이 아니라" "당신에게 물어야" 한다고. 비에 젖는 일을 생각하는 일과 연결시키고, 아감벤이 말했듯이 "생각한다는

5) 조르조 아감벤, 같은 책, 164쪽.

6) 같은 책, 168쪽.

것은 글을 쓰거나 읽는 동안" 글자 그 자체가 아니라 "백색 페이지를", "여백"이라는 책의 "질료"[7]를 떠올리는 것임을 알리는 시에 담긴 그 문장을 우리는 이렇게 읽어도 될 것 같다. "당신에 대해서라면" 당신을 이루는 (보이지 않는) 가능성까지 모두 끌어와 물을 수 있어야 한다고. 당신에 대해 생각하는 일이란 곧 당신의 '진실'을 이루는 질료를 기억하는 일이라고.

무언가를 끓이는 행위가 등장하는 장면을 경유하여 말하건대, 사라진 무언가를 지키는 시인의 행위는 후일담적인 방편이 아니다. 그보다는 어떤 존재가 '있음'을 제대로 이해하기 위해 동원할 수 있는 행위로 시가 '지키는' 일을 도맡은 것에 가깝다. 신용목의 시는 몇몇 글자에 욱여넣을 수 없는 삶, 그것을 짊어지고 있는 세상의 숱한 존재에 대해 '영영 모른다'고 고개 돌리지 않고 그 존재 자체가 여러 시간성을 복합적으로 품으면서 '있는' 순간을 드러내고자 한다. 시는 그런 것이 나타날 때까지…… 기다린다. 존재의 증명에 더는 천착하지 않으려는 시대에, 무언가를 알아가기 위해 상대와 깊숙이 연결되기보다는 겉을 쑥 훑기만 하는 쪽을 선호하는 시대에, 이 세상이 "당신"을 왜 잃어버리면 안 되는지 계속해서 고민하는 시. 지금 세상이 잃어버린 "당신"에 미련을 두고 슬퍼할 줄 아는 시.

---

7) 같은 책, 174쪽.

이런 시가 필요했다. “바닷물 속에” “아직 태풍이 되지 못한 복통”(「무턱대고 걸어나온」)을, “눈” 속에 “수많은 발자국”(「눈사람의 시체를 찾아 바다를 헤매는 자의 지느러미가」)을, “물”을 채운 “세면대” 속 “아득한 깊이에서 사람의 얼굴” (「눈사람」)을, “내” 속에 ‘나’를 “늘 끌고 다녔던 마음”(「유령 비」)을 발견하고 기억하고 알아주는 시가. 우리 삶을 이루는 진실의 질료를 사수하는 시가.

3.

어떤 독자는 신용목의 이번 시집을 채운 시의 길이가 편마다 주로 긴 까닭에, 이 시집에 수록된 작품들은 장광설의 시인에 의해 쓰였다 여길 것 같다. 실상은 그 반대다. 시인의 말은 그가 지키고자 하는 ‘무언가’의 것이므로, 도리어 시인 자신의 말은 침묵에 잠식되고 있는 듯 읽힌다.

가령 「비의 숲」에 등장하는 “목동”은 “가장 멀리 돌아가는 말”이 “침묵”임을 깨닫고 이 세상에 “닳아서 없어지는 마음”이란 없으며 소리가 나지 않는 마음이 있다면 그것은 그 마음이 멀리 돌고 있을 뿐이라는 것, ‘마음’은 침묵을 거쳐 제 말을 찾아가야 한다는 것을 알아가는 이로 등장한다. 그래선지 “목동”은 “비”가 “빗소리”를 찾고 “가난”이 “사랑”을 찾을 때까지 이들이 돌고 돌면서 만들어낸 거리를 지키는 일을 저 자신의 역할로 삼는다. 이런 시의 배면엔 지금 세상에서 쓰이는 말(言)들에 대한 경계가 있다. 제 삶을 삶답게 만들어주는 경험이 허울 좋은 말들로 포장되어 어느덧 그런 경험은 소모되어도 그만인 것으로 전락하는 일이 지금 여기에서 일어난다면, 우리에게 쉽게 접수되는 소리들이란 어딘지 아귀가 맞지 않는 세상의 상태에 대한 증거인 셈이다. "비"가 내리면서 들리는 소리를 "울타리 밖으로 떨어진 뿔을 줍지 못해 구름의 가죽 뒤에서 우는" 짐승이 곧 제 뿔을 찾으려 숲을 흔드는 소리로 감지하는 "목동"에게 '침묵'은 차라리 진정한 경험을 되찾고 말에 대한 감각을 살리기 위한 경로로 감지된다.

그러나 이곳은 침묵이 필요한 세상임을 간파한 '파수꾼-시인'에게 "침묵" 그 자체는 마치 "뱀처럼 흘러들어" "입에서" "목으로" "배까지"(「이 세계」) 꿈틀거림을 멈추지 않고 다가오기도 한다. 파수꾼이 가장 경계를 늦추지 말아야 하는 때는 아무 소리도 들리지 않는 순간이다. 세상 곳곳에 들리지 않는 말이 있고 그것을 곧이곧대로 들리지 않는다고 말해선 안 된다는 것을 의무감처럼 짊어진 시인에게, 침묵이 다른 형태의 말로 자리할 때까지 그 곁을 지켜야 하는 역할은 어쩌면 형벌처럼 느껴질 수 있다. 그러니 이렇게도 말할 수 있지 않을까. 이번 시집의 시편들이 주로 긴 편에 해당하는 이유는, '이 세계'가 잃어버렸거나 사라지게 둔 진실에 시가 기탁한 채 언어를 빚는 과정을 계속해서 이뤄내기 때문이라고. 예민한 파수꾼의 목소리 세기가 점점 줄어들고 파수꾼이 지키고 선 것들의 말이 살아나느라, 시는 이미지를 연쇄적으로 연결하거나(철로의 길이만큼 긴 꿈속 기차에서 출발해 바로 거기에서 내린 한 사람과, 그 사람의 그림자, 그림자가 잇는 저녁으로 시가 채워지는 「그림자역」, 여름 바다에서 시작해 거기에 녹아 있을 겨울의 눈, 눈사람의 말, 그것이 만들어내는 파도, 그리고 파도가 "눈사람들의 유적지"임을 일러주는 "석양"이 연이어 등장하는 시 「겨울의 미래」 등), 응축된 한 글자를 리듬처럼 거느려 진실의 숨겨진 호흡을 가시화하고(이번 시집에는 유독 "비" "배" "새" 등 한 글자가 한 행을 이루는 구절들이 자리한 시들이 다수 보인다), 무엇보다도 직유를 활용한다. 신용목의 '직유'에 대해서는 좀더 이야기를 나누기로 한다.

우산을 쓰고 극장에 간다

간다

주인공이 멀리서 걸어올 때, 끓는 물 속에 막 던져진 계란 흰자 같은 담배 연기가

담배 연기가

흐른다

흐른다, 이렇게밖에 말할 수 없는 순간이 있지
이렇게 말하지 않으면

사라지는 일들이 있어서

나는 나지, 말하지 않으면 나는 내가 누군지도 모르고
내가 가지 않은 곳을 갔다 오고
우산을 들고 있다고 중얼거리지 않으면 감쪽같이 우산은 사라져

우산처럼 사라져

혼자서, 극장의 어둠 속에 남는다

—「예술영화」 부분(밑줄은 인용자)

"말하지 않으면" "사라지"므로 시에서 "나"는 한계를 느끼면서도 "나는 나지"라고 말한다. 위의 시에서 '나'는 "내가 누군지" "모르"지만 모르는 '나'를 잠정적이나마 일컬을 별다른 방도가 딱히 없으므로 언어를 사용한다고 인식하는 것이다. 그런 '내'가 "어둠"을 감당하면서 세계를 바라볼 수 있는 극장에서 의지하는 것이 바로 '직유'이다. "주인공이 멀리서 걸어올 때" 끼어드는 "담배 연기"는 '내'게 "끓는 물 속에 막 던져진 계란 흰자"'같이' 움직인다고 표현되고, "나

는 나지"라고 말하지 않으면 '나'를 부르는 방법을 영영 잃는다고 말할 때는 비 오는 날 실내에서 어김없이 사라지는 "우산" '같은' 상황이 제시된다. 직유(simile)는 "A는 B"라고 주장하는 것이 아니라 어떤 함축적인 측면에서 "A는 B와 유사하다"라고 말하는 것이고 이는 "은유(metaphor)보다 사실에 더 충실하다."[8] A와 B를 동시에 가시화하면서도 이 둘이 절대로 같을 수 없음을 드러내고, 또한 같지 않은 둘 사이가 그럼에도 가깝다는 것을 일러주는 방식이란 얘기다.

시에서 "극장의 어둠"이 "비처럼" "흐르는"이라고 표현되거나, "비 오는 날 어둠"이 "비가 쓰고 온 우산"처럼 "구석에 버려져 있다"고 직유를 통해 나타날 때 거론된 원관념과 보조관념들은 유사하다는 이유로 등장해 서로가 맞닿을 수 없는 거리감을 표현하면서, 동시에 서로를 매개하지 않는다면 실감할 수 없을 "순간"을 향해 움직인다. 주어진 언어가 한정적이므로 "같은 말을 영원히 반복하는" 운명이 인간에게 입혀진 것이라 할 때, 직유는 포개질 수 없는 대상들이 포개지지 않는 거리감을 품은 채 '순간'을 드러내는 최선의 방식으로 활용된다. 신용목의 직유는 시인이 지금 세상에서 쓰이는 말들과 불화를 느낄 때마다 진실의 질료를 건져내기 위한 구원의 그물망으로 끊임없이 마

8) 대니얼 리그니, 『은유로 사회 읽기』, 박형신 옮김, 한울아카데미, 2018, 15쪽.

련하는 장치이다.

바람은

힘껏 달아나는 개 뒤에 끌리는 긴 줄이 바닥에 감아치는 문장처럼, 분다

—「시간은 취한 듯 느리고」 부분(밑줄은 인용자)

밤의 창가에서는 허공과 사람이 하나의 창문을 사이에 두고 서로를 열고 있다는 것을 알게 된다.
건너편을 바라보며 불을 끄거나 켜고 있다는 것을 알게 된다.
누가 묻길래,

(……)

그는 착한 사람이다.

물속에 사는 사람처럼, 그네처럼, 시내버스 요금함에 거스름돈 떨어지는 소리처럼, 넘어졌던 아이가 일어나 탁탁 부딪치며 털고 있는 손바닥, 그리고

—「다인실 다인꿈」 부분

인용한 시들에서도 직유는 A와 B가 거울로 서로를 바라보듯이, 이쪽 편에서는 알 수 없는 것이 저쪽 편에 비치듯이 활용된 것으로 보인다. 이와 같은 직유의 효과를 떠올리면 우리는 비로소 시인이 저 자신의 목소리를 침묵에 맡기고 그 자리에 "아직" 다 "살아보지 못한 자의 기억", "처음 말을 배울 때"와 "처음 눈을 봤을 때"같이 분명히 거쳐왔는데 도무지 "기억나지 않는" 장면들, "말할 수 없어서 그냥 인생"(「그림자역」)이라고 표현되고 마는 것들처럼 파괴되었거나 사라진 줄 알았던 것, 혹은 적절히 지칭할 만한 게 없어 방황하던 진실이 스며들며 살아나는 상황을 이해하게 된다. 저쪽 편에 비치는 것의 정체가 무엇인지 이해할 때에야, 이쪽 편이 잃어버린 일부에 대해 알게 된다는 얘기다. 그늘을 이해해야 비로소 빛을 알게 되듯이.

시인이 빛 대신 어둠을 자주 살피는 이유 역시 여기에 있는 것 같다. 눈을 감고 겪는 어둠 속에서 "반지하 살 때"의 생각이 "훅" 하고 섞인다거나(「블랙아웃」), 그림자가 바닥에서 일어나 세상을 다 가진 듯 돌아다니는 어둑한 밤의 소란을 포착한다거나(「밤과 단 하나의 그림자」), 누군가 침묵 속으로 "뛰어드는 소리"를 기어이 듣는 밤에 대해 말할 때(「밤」), 시는 그간의 어둠이 채 다 말하지 못한 것들을 포괄하여 드러냄으로써 어둠 그 너머까지 도달하고 싶어한다.

우리의 파수꾼은 어둠을 사수하여 빛에 가닿을 수 있다고 믿으므로 빛 대신에 그늘을 지키는 이다. 아니, "하늘은 지상에 더 가깝게 낮아지고 모든 사물은 더 좁아진 지평 안에 갇혀 더 많은 자리를 차지하고 더 커지"면서 모든 만물에 특유의 "광채"가 부여되는 "비"[9] 오는 날과 같이 기어이 "지워지지 않는 것"(「활주로」)의 광채를 사수하여 그것을 지우려는 세상을 향해 가고자 하는 이다. 역방향의 에너지를 활용하는 시인이 슬프지 않을 이유가 없겠다.

4.

「모든 우산은 비의 것」은 이번 시집의 마지막 순서로 배치되어 더욱 묘한 쓸쓸함을 남긴다. "비"가 "우울한 기분이나 '지독한 슬픔'과 연관"[10]되기 때문만은 아니다. 이는 이 글의 첫 페이지에서 언급했던 '처연하거나 비장함'에서 비롯된 쓸쓸함이 아니라 '근엄하고 담담한 힘'이 근원적으로 품고 있는 고독에 가까운 것이다. 아무래도 시인은 시인이 염두에 둔 '시의 일'을 감내하기로 결심한 모양이다.

신호등 앞에서 기린의 행렬을 보고 있다
기다린다

머리에서부터 조금씩 투명해지는 사람들을 보고 있다

---

9) 알랭 코르뱅 외, 『날씨의 맛』, 길혜연 옮김, 책세상, 2016, 15쪽.
10) 같은 책, 23쪽.

기다린다

그때

신호등이 바뀌고 야 벌써 시월이야! 앞질러 뛰어가는 소년의 목소리가
검은 우산을 벗어나
자유로 지나 가양대교 건너 노란 창문 너머 침대 위 한 방울 머리로 맺힐 때
시월

비

어느 장례식장 부의함 속으로 떨어지는
흰 봉투 같다

—「모든 우산은 비의 것」 부분

우리가 여태 언급해왔던 이번 시집에 수록된 시편들에서 짐작할 수 있는 시인의 태도와 전략, 방식이 집약되어 있는 시다. 시인은 사람들을 "보고" 기다리며, "앞질러 뛰어가는 소년의 목소리"를 놓친다 하더라도 "침묵의 수레 가득 실린 울음"이 지나가는 거리를 '지키는' 일에 성실하게 복무한

다. "사람들"이 "모두 같은 건너편"으로 걸어간다 해도 시인은 행여 사람들의 진전이 잃어버린 건 없는지 두리번거릴 수 있는 자리에 남는다. "나를 바라보"는 "기린의 무리 속" "투명한 눈망울 하나"까지도 귀중히 여기고, 그로부터 고개 돌리지 않는다. 시인은 마치 파수꾼처럼,

계속 있다.

'비'가 시인을 고독 속에 가두는 철창처럼 역할을 하더라도 파수꾼이 들고 있는 "우산"은 곧 "비의 것"이기도 하므로, 비 오는 날씨는 시인에게 곧 누군가에게 다가가 우산을 씌워줄 수 있는 상황으로 전환되어 다가오기도 한다. 감히 예견하건대, 파수꾼-시인은 지금 시대가 잃어버렸거나 지워버렸거나 사라지게 만든 무언가를 찾아 우산을 씌워주는 일을 내내 할 것이다. 지금껏 읽은 시를 통해 알 수 있듯 시인이 몸으로 통과해온바, 그래야 할 이유가 너무 많기 때문이다. 오늘 우리가 읽은 시는 혼자 오지 않았다. 그 무언가를 홀로 끝까지 지키고자 하는 파수꾼의 눈빛과 함께 이곳에 왔다.

신용목 시집 『그 바람을 다 걸어야 한다』 『바람의 백만번째 어금니』 『아무 날의 도시』 『누군가가 누군가를 부르면 내가 돌아보았다』 『나의 끝 거창』을 냈다.

문학동네시인선 158
비에 도착하는 사람들은 모두 제시간에 온다

1판 1쇄 2021년 8월 28일
1판 10쇄 2023년 12월 29일

지은이 | 신용목
책임편집 | 강윤정
편집 | 이재현
디자인 | 수류산방(樹流山房) 본문 디자인 | 유현아
저작권 | 박지영 형소진 최은진 서연주 오서영
마케팅 | 정민호 서지화 한민아 이민경 안남영 왕지경 황승현 김혜원 김하연 김예진
브랜딩 | 함유지 함근아 고보미 박민재 김희숙 박다솔 조다현 정승민 배진성
제작 | 강신은 김동욱 이순호 제작처 | 영신사

펴낸곳 | (주)문학동네
펴낸이 | 김소영
출판등록 | 1993년 10월 22일 제 2003-000045호
주소 | 10881 경기도 파주시 회동길 210
전자우편 | editor@munhak.com
대표전화 | 031) 955-8888 팩스 | 031) 955-8855
문의전화 | 031) 955-3576(마케팅), 031) 955-2678(편집)
문학동네카페 | http://cafe.naver.com/mhdn
인스타그램 | @munhakdongne 트위터 | @munhakdongne
북클럽문학동네 | http://bookclubmunhak.com

ISBN 978-89-546-8182-7 03810

* 이 시집은 2019년 한국문화예술위원회에서 아르코창작기금을 받았습니다.

잘못된 책은 구입하신 서점에서 교환해드립니다.
기타 교환 문의: 031) 955-2661, 3580

www.munhak.com

문학동네